गर्भ राख

(कहानी संग्रह)

कौस्तुभ आनन्द चन्दोला

अंजुमन प्रकाशन

अंजुमन प्रकाशन

942, मुठ्ठीगंज, प्रयागराज-3 उत्तर प्रदेश, भारत
www.anjumanpublication.com
contact@anjumanpublication.com

प्रथम संस्करण अंजुमन प्रकाशन द्वारा 2020 में प्रकाशित
सर्वाधिकार सुरक्षित © कौस्तुभ आनन्द चन्दोला 2020
आवरण व टाइप सेटिंग : अंजुमन प्रकाशन

ISBN : 978-93-91531-05-8

इस पुस्तक को समर्पित कर रहा हूँ
अपने जीवन के उन निःस्वार्थ दोस्तों को
जिनके साथ मैंने अपने जीवन के स्वर्णिम दिन बिताए।

दो शब्द

जीवन के अलग-अलग मोड़ों पर नए-नए चरित्रों से सामना होता है, जिससे हमारे विचारों और अनुभवों को एक नया आयाम मिलता है। ये अनुभव लेखक के भीतर अंकुरित होते रहते हैं जब वे पेड़ का रूप धारण कर लेते हैं तो फल के रूप में कहानी निकल कर आती है। कुछ चरित्र मन की गहराइयों में बैठ जाते हैं, जैसे मेरा प्रथम उपन्यास 'संन्यासी योद्धा' एक ऐसे लोकनायक के चरित्र की गाथा है जो बचपन से मेरे हृदय में बसा हुआ था। उसको एक वृहद उपन्यास का रूप देना और चरित्र को उभार कर सामने लाना एक कठिन प्रयास था। लेकिन पाठकों ने उसे हाथों-हाथ लिया। उसके बाद और भी उपन्यास प्रकाशित हुए, किन्तु लम्बे उपन्यासों के बीच में कहानियों को जब-तब लिखने बैठ जाता हूँ, उनमें से कुछ कहानियाँ इस संग्रह के माध्यम से आपके सम्मुख रख रहा हूँ।

आशा है आपके मन को जरूर छुएँगी, विशेष रूप से 'गर्म राख' और 'अछूत चुंबन' कहानियाँ भावपूर्ण हैं जो समाज के मनोभावों का चित्रण करती हैं। 'अधूरा सपना' संस्मरणात्मक कहानी है जो मनुष्य के भीतर की दमित इच्छाओं को प्रकट करती है।

आशा है कि मेरे वृहद उपन्यासों के पाठकवर्ग को भी ये कहानियाँ अच्छी लगेंगी। इस कहानी संग्रह को रुचिपूर्वक प्रकाशित करने हेतु मैं अंजुमन प्रकाशन, प्रयागराज के प्रति आभारी हूँ।

कौस्तुभ आनन्द चन्दोला

अध्याय विवरण

1

गर्म राख

आशा और भय के मिश्रित कारण देवेन्द्र के मस्तिष्क में दौड़ रहे थे। पता नहीं क्या-क्या कल्पनाएँ उसके भीतर आ-जा रही थीं। उन पुरानी बातों को याद कर देवेन्द्र का मन ठिठुर-सा जाता। गुफा के भीतर जाने के बाद पता नहीं वह उसके साथ क्या करेगा। वह उसको क्या दिखाना चाहता था? देवेन्द्र बड़ा असमंजस में था, किन्तु फिर भी वह उसके पीछे चला जा रहा था। पता नहीं कौन-सी शक्ति उसे गुफा के भीतर ले जाने को प्रेरित कर रही थी।

''आखिर उसने मुझे ही क्यों चुना?'' देवेन्द्र मन ही मन में बड़बड़ाया।

''मेरे पीछे-पीछे चले आओ।''

उसने आदेशात्मक ढंग से देवेन्द्र से कहा। वह चलता ही जा रहा था। बीच-बीच में पीछे मुड़कर भी देख रहा था कि, कहीं देवेन्द्र वापस घर तो नहीं भाग गया। देवेन्द्र भी बीच-बीच में चाह रहा था कि घर भाग जाये लेकिन उसके मन की जिज्ञासा उसके पाँवों को निरंतर उसके पीछे, पता नहीं किस सम्मोहन के साथ खींचती ले जा रही थी।

जैसे ही गुफा का मुहाना सामने आया, वह रुक गया। उसने पीछे मुड़कर एक गहरी दृष्टि देवेन्द्र पर डाली और तनिक नम्र स्वर में बोला,

''तुम्हारा गुरु आदेश देता है। प्रिय शिष्य! मेरे पीछे चले आओ।''

जैसे ही देवेन्द्र ने गुफा का विशाल मुहाना और उसके भीतर पसरा अजीब

डरावना-सा अँधेरा देखा उसका मन डरे हुए खरगोश की तरह काँपने लगा। वह सोचने लगा,

"कहीं उसने मुझे गुफा में बन्द कर दिया तो? इन पागलों का क्या भरोसा है, गुस्से में आकर उसने मेरे साथ कोई ऐसा-वैसा सलूक कर दिया तो, मुझे कुछ हो गया तो, मेरे माँ-बापू, भाई-बहनों को कितना कष्ट पहुँचेगा।"

तुरन्त ही उसके भीतर से आवाज आयी,

"मैं कितने दिनों से इस पागल को करीब से जान रहा हूँ, उसने मुझे बहुत अपनत्व दिया है, शिक्षा दी है और मैंने भी उसका भरोसा जीता है। उस पर मुझे इतना तो विश्वास है कि मेरे साथ वह कुछ बुरा नहीं करेगा, न होने देगा।"

सोचते-सोचते वह पता नहीं कब उस पागल के पीछे गुफा के ऊबड़-खाबड़ रास्ते से भीतर प्रवेश कर गया था। गुफा में जगह-जगह कटीली झाड़ियाँ लटक रही थीं। उसने झुककर, बचते-बचाते उस पागल का अनुसरण करते बढ़ता जा रहा था। बीच में उसने पीछे मुड़कर देवेन्द्र से कहा,

"आ जाओ, डरो मत, मैं तुम्हें कोई हानि नहीं होने दूँगा।"

उसके इस वाक्य से देवेन्द्र और अधिक आश्वस्त हो गया। वह काँटीली झाड़ियों से बचता-बचाता उस पागल के पीछे सहम-सहम कर चलता चला गया। एक अदृश्य शक्ति उसे उसके पीछे खींची जा रही थी। आखिर क्यों? उसकी उत्सुकता उसे पागल के पीछे जाने को प्रोत्साहित कर रही थी।

देवेन्द्र शरीर को सिकोड़ता एक-एक कदम सावधानी से रखता, गुफा के काफ़ी भीतर तक चला गया। अब गुफा के अन्दर पर्याप्त रोशनी नहीं थी, आगे बढ़ने में कठिनाई होने लगी थी। कुछ कदम आगे बढ़ा ही था कि उसने देवेन्द्र से कहा,

"मेरा अनुसरण करते हुए दायीं ओर मुड़ जाओ।"

फिर एक बार देवेन्द्र के मन में आया कि वापस घर भाग चलूँ लेकिन उसका उत्साह और उत्सुकता उसे आगे बढ़ने से रोक नहीं पायी। देवेन्द्र एक बहुत जिज्ञासु प्रवृत्ति वाला छात्र था। छात्रों में उत्सुकता और जिज्ञासा का होना एक अच्छा लक्षण माना जाता है, लेकिन इसमें खतरे की अनदेखी करना ठीक नहीं था।

उसने अपने डरते मन को समझाते हुए कहा, ''नहीं! मैं पीछे नहीं भागूँगा''। मैं आज इस पागल की हक़ीकत जान कर ही रहूँगा कि वह यहाँ कैसे और क्यों रहता है?''

वह भी दायीं और उसके साथ मुड़ गया। जैसे ही वह दायीं और मुड़ा वहाँ रोशनी पुनः प्रकट हो गयी। कहीं ऊपर एक छिद्र से छन-छन कर कुछ धूप आ रही थी।

सिर के ऊपर गुफा के पत्थर काफी आगे तक निकले थे, जिसने एक बड़े से बरामदे का आकार धारण कर रखा था। उसी बरामदे में पड़े एक बड़े से शिलाखण्ड पर वह पालथी मारकर बैठ गया, जैसे कोई महात्मा हो। एक पागल महात्मा।

देवेन्द्र कुछ देर खड़ा रहा, चारों ओर दृष्टि दौड़ाता रहा।

गाँव के ऊपरी पहाड़ पर चट्टानों के बीच स्थित इस गुफा में जाना सभी के लिए वर्जित था। विशेष तौर पर गाँव के लड़के-लड़कियों को तो वहाँ जाने की सख्त मनाही थी। उन्हें हिदायत दी गयी थी कि वह उस गुफा के आस-पास भी न जायें। सब अपने बच्चों को समझा कर रखते थे कि उस गुफा में शेर, भालू और बड़े डरावने भूत-प्रेत रहते हैं।

किन्तु देवेन्द्र आज पागल के पीछे जाकर देखना चाहता था कि आखिर वहाँ है क्या? जिज्ञासा और उत्सुकता, मनुष्य को किसी भी कठिनाई भरी खोज को करने से रोक नहीं पाती है।

''आओ पुत्र! सामने बैठ जाओ।''

उसने गम्भीर स्वर में सामने पड़े एक शिलाखण्ड की ओर इशारा करते हुए कहा। देवेन्द्र को अब यह समझ में आ गया कि इनका ठिकाना यहीं है।

देवेन्द्र ने उस गुफा के चारों ओर नज़र दौड़ाई। यह काफी बड़ी और खुली गुफा थी। इसकी छत बहुत ऊँची थी जहाँ पर कुछ कमजोर, पतले पेड़ और कुछ बेलें लटक रहीं थी। रोशनी अभी पर्याप्त थी, शायद छिद्रों से आने वाले धूप के कारण। नीचे फर्श ऊबड़-खाबड़ और कुछ समतल शिलाओं से भरा पड़ा था। वैसे देखा जाए तो यह बड़ा आरामदायक, शान्त और सुरक्षित था, किन्तु जंगली जानवरों, साँप- कीड़ों आदि से इसे कैसे सुरक्षित माना जा सकता था।

जैसे ही देवेन्द्र की नज़र उस व्यक्ति के पीछे पड़े शिलाखण्ड की ओर गयी तो उसके आश्चर्य का ठिकाना नहीं रहा। वहाँ किताबों का ढेर लगा था, बेतरतीब पुरानी-नयी ढेरों प्रकार की किताबें। इतनी पुस्तकें एक साथ देवेन्द्र ने आज तक नहीं देखी थीं। उसकी उत्सुकता और अधिक बढ़ गयी।

आखिर इसने इस गुफा को ही क्यों ठिकाना बनाया, अब कुछ-कुछ उसकी समझ में आ रहा था।

देवेन्द्र भी शिलासन पर पालथी मार कर बैठ गया। फिर उसने बड़े शिलाखण्ड पर विराजमान उस व्यक्ति से प्रश्न किया,

''विश्वेश्वर चाचा! आप को यहाँ जंगली खूँखार जानवरों से और भूतों से डर नहीं लगता है!''

विश्वेश्वर जो अर्धविक्षिप्त सा था जिसको देवेन्द्र, चाचा कह रहा था, वह जोर-जोर से ठहाका मारकर हँसने लगा। पागलों की तरह! पागलों की तरह क्यों, वह तो पागल ही था। उसके ठहाकों की आवाज से गुफा के भीतर से बहुत सारे चमगादड़ पंख फड़फड़ाते हुए उड़ने लगे और कुछ जंगली जानवर बहुत तेजी से बाहर को भागते दिखाई दिये। ठहाका थमने के बाद उसने देवेन्द्र से पूछा,

''क्या तुम्हें यहाँ डर लग रहा है? तुम तो कह रहे थे कि मैं बड़ा बहादुर और निडर हूँ।''

देवेन्द्र ने अपने भीतर के डर को दबाते हुए सीना तान कर कहा,

''हाँ, निडर और बहादुर तो मैं हूँ ही, तभी तो इस भयानक गुफा में आपके पीछे-पीछे चला आया, जहाँ आज तक कोई लड़का नहीं आया होगा, किन्तु हाँ, खूँखार जानवरों से तो डर लगता ही है। ये तो आपको मार कर नहीं खा जायेंगे?''

''नहीं, पुत्र देवेन्द्र! जब तक मनुष्य उनको नुकसान नहीं पहुँचाता है या उनको परेशान नहीं करता है, तब तक ये जानवर आक्रमण नहीं करते हैं। वे तो मनुष्य से स्वयं ही डरते फिरते हैं। मनुष्य तो जानवरों से भी कहीं अधिक हिंसक व खतरनाक है। पुत्र! मृत्यु चारों ओर है, अतः मृत्यु से कैसा भय, संसार में कौन नहीं मरा है? कोई ऐसा स्थान बताओ जहाँ मृत्यु नहीं आती।''

इस पागल ज्ञानी के आगे किशोर देवेन्द्र क्या बात कर सकता था।

विश्वेश्वर पुनः गम्भीर हो गया था। उसका अनुभव शायद बोल रहा था। किताबों के ढेर को देख देवेन्द्र ने पूछा, "चाचा, इतनी किताबों से क्या करते हो?"

विश्वेश्वर ने उत्तर दिया, "ज्ञान के भंडार अनंत हैं, कोई कितना ही बड़ा ज्ञानी क्यों न हो, वह अपूर्ण ही है। अतः निरंतर ज्ञान प्राप्ति का उद्देश्य रखो और जहाँ से भी उसकी प्राप्ति हो उसको प्राप्त करने का प्रयत्न करो।"

किशोर देवेन्द्र उसके मुख को ताकता रह गया। आखिर वह विश्वेश्वर उसका गुरु जो था।

अकेलेपन के लम्हे खोखले नहीं होते हैं वहाँ भी एक सुंदरतम् स्थित है जिसमें हम अपने को खोजने का प्रयास कर सकते हैं। कभी पीछे मुड़कर भी देख लेना अच्छा लगता है, शायद कोई अपना, पीछे छूटा रहा हो और वह दिख जाये। पीछे उड़ती धूल के सिवा भी धुँधले में शायद कोई हमसफ़र नज़र आ जाये।

बाहर से हिम-सा कठोर व ठण्डा दिखाई देने वाले व्यक्ति को जरा-सी भी ऊष्मा दिखाई जाये तो वह नीर-सा तरल क्यों नहीं बन जाएगा? पुराने जमे दर्दों को पिघलाने के लिए प्यार, स्नेह, अपनत्व का लेप तो चाहिए ही होता है। खामोश लबों पर मुस्कान लाने के लिए स्वयं उसके कष्टों को, उसके दर्द को समझना होता है। उसके कष्टों को समझना होगा और उसकी पीड़ा का हिस्सा बनना होगा। उसके लिए थोड़े नहीं, काफी कष्ट उठाने होंगे। तभी वह खामोश मुस्कान, सहमी डरी मुस्कान, सामने आकर खिलखिला पाएगी।

राख भले ही बेकार हो जाए पर हम यह क्यों भूलते हैं कि कभी वह अंगार थी। अब भी उसे छुआ जाए तो हमें वह राख गर्म महसूस जरूर होगी।

वास्तव में, यह विश्वेश्वर एक पढ़ा-लिखा पागल था। सारा गाँव इसे पागलों की तरह ही व्यवहार करता था। उसकी हरकतें भी ऐसी ही थीं, उसकी हरकतें उसको निश्चय ही पागल साबित करती थीं। एक सामान्य मानव ऐसी हरकतें नहीं करता है। वह महीनों नहीं नहाता था। कपड़े फटे और बाल बिखरे रहते थे। वह अपने घर पर टिकता ही नहीं था। गाँव-गाँव घूमता फिरता, लोग उससे दूरी बनाए रखना पसन्द करते थे। कोई उससे ठीक से बात नहीं करता था। बच्चे उसको देखते ही चिढ़ाने लगते या कंकड़-पत्थर मारते। कोई बिच्छू घास भी

उस पर फतोड़ देते थे। प्रायः वह मात्र गाली देकर या चेहरे को अज़ीब-सा बनाकर उन्हें डराने का प्रयास करता। कभी-कभी क्रोध में आकर उन्हें पत्थर उठाकर भी मारता। विश्वेश्वर एक पढ़ा-लिखा व्यक्ति था। उसे संस्कृत के हजारों श्लोक कण्ठस्थ थे। अंग्रेजी भी उसकी उतनी ही अच्छी थी, जितनी संस्कृत थी। सबसे बड़ी महारत उसे गणित विषय पर थी। जब वो शान्त होता तो लड़कों के द्वारा पूछे गए गणित के कठिन से कठिन प्रश्न का हल मिनटों में बता देता था, किन्तु गाँव के किशोर उसकी हरकतों का मजाक बनाते और उसे परेशान करके मजा लूटते थे। लोग बताते हैं कि वह गाँव का सबसे होनहार छात्र था। सदैव कक्षा में प्रथम आता था। यहाँ तक की इंटरमीडिएट की परीक्षा में उसने जिले में प्रथम स्थान प्राप्त किया था। आज से आठ-नौ-दस वर्ष पूर्व वह गढ़वाल के जौनसार क्षेत्र में एक इंटर कॉलेज में विज्ञान, गणित विषय का अध्यापक था। लेकिन वहाँ ऐसा क्या हुआ कि वह एक मेधावी, प्रशिक्षित श्रेष्ठ प्राध्यापक आज पागल होकर इधर-उधर मारा-मारा फिर रहा है। एक होनहार व्यक्तित्व की यह गति कैसे हो गयी, कोई नहीं जानता था। उसकी हरकतों के कारण उसके घर वाले घर में घुसने नहीं देते थे। जब वह कई दिनों बाद घर लौटता तो उसके बालों में जुएँ पड़े होते थे और वह कई दिन से नहाया नहीं होता था। गाँव के दो-तीन भले लोगों ने पकड़ कर उसके बाल काट कर उसको गंजा कर दिया ताकि जुओं के पड़ने और बालों को धोने का झंझट ही खत्म हो जाए। कभी कोई उसको खाना दे देता, कोई उसके पुराने कपड़े बदल कर अपने कपड़े पहना देता। जब वह शान्त रहता तो वह संस्कृत के श्लोक सुनाता, अंग्रेजी में बात करता, कोई गणित का प्रश्न पूछता तो बिना देरी के सही-सही जवाब बताता। कभी अचानक वह ऊपर, नीचे, इधर-उधर आँखें फाड़कर देखता, अजीब-सा डरावना चेहरा बनाता। उसकी इन हरकतों और डरावना रूप देखकर बच्चे भाग खड़े होते, उसे चिढ़ाते, उसी की तरह हिरकतें करते। विश्वेश्वर उनसे दूर चला जाता और एकान्त में बैठकर अपनी हरकतें करता रहता। कोई गम्भीरता से पूछता कि वह ऐसा क्यों करता है, तो वह मुँह मोड़ कर बैठ जाता। अर्थात वह इस विषय में बात नहीं करना चाहता था। उसके साथ ऐसा क्या हुआ था, उसने यह राज सबसे छुपा कर रखा था।

उसके घरवालों में उसकी पत्नी, पाँच साल का एक पुत्र और दो भाइयों का भरपूर परिवार भी था। सब का अपना-अपना कारोबार था। हर तरह से वह एक सम्पन्न ब्राह्मण परिवार से था, किन्तु उसके लिए एक छोटी-सी कोठरी अलग से

बना दी गयी थी। जब वह कई दिनों बाद अपने घर पहुँचता तो घर वाले उसे अपने उसी घर में नहीं घुसने देते थे जिसको उसने अपनी मेहनत की कमाई से और परिश्रम से बनाया था। उसके लिए बनाई गयी एक पृथक कोठरी में ही उसे ठहराया जाता था। वहीं पर उसको खाना-पानी दे दिया जाता। उसने कभी जिद् नहीं की कि वह अपने घर के भीतर जाये, जिस घर को उसने अपनी मेहनत की कमाई से खड़ा किया था। आज उसे उसी घर के भीतर प्रवेश की अनुमति नहीं थी। जब वह कभी घर पहुँचता उसकी सेवाशील पत्नी प्रेमावती जिसे वह प्रेमा कह कर पुकारता था, उसको नहलाती-धुलाती थी। वो भी बड़ी मिन्नतें करने या उसकी मनपसन्द की खीर खिलाने का लालच देकर। दो-चार दिन घर पर ठहरता किन्तु दिमाग फिर चंचल हो उठता और वह बिना बताए कभी भी घर से चल देता। इतना अवश्य था कि वह आस-पास के चार-पाँच गाँवों से बाहर कभी नहीं जाता था, किन्तु वह एक जगह पर अधिक देर रुकता नहीं था।

        यह ज्ञानी पागल एक तरफ संस्कृत में बोलता तो दूसरी ओर अंग्रेजी में भी धाराप्रवाह बोलता था। कभी अकेले होता तो आँगन में पत्थर के पटालों पर ही रेखागणितीय प्रमेय और निर्मेयों को सिद्ध करते हुए उन्हें खड़िया से उकेर देता। अचानक उसका दिमाग फिर घूमता, वह ऊपर-नीचे, इधर से उधर घूरता, डरावना चेहरा बना लेता। अपने दाढ़ी के बालों को, बगल और गुप्तांगों के बालों को नोचने लगता। गाँव के बच्चे उसकी इन हरकतों से उसे चिढ़ाते। जिससे वह क्रोधित होकर एक स्थान से दूसरे स्थान की ओर भाग जाता, लेकिन उसने कभी किसी को हानि नहीं पहुँचायी थी। उसके भीतर कोई चालबाजी, कोई नटखटता नहीं थी। कोई खाना देता तो खा लेता, कभी दिन-दिन भर भूखा रहता। कभी माँग कर भी खा लेता, किन्तु चोरी-चकारी उसने आज तक नहीं की थी। उसके चेहरे पर मुस्कान नहीं देखी गयी। एक विद्वान व्यक्ति का इस तरह पागल हो जाना एक रहस्य का कारण था। जब भी कोई उससे इस बारे में पूछता, वह मुँख मोड़ कर बैठ जाता अर्थात वह अपनी इस स्थिति के विषय पर बात नहीं करना चाहता था। आखिर उसके साथ ऐसा क्या हुआ था जिसे उसने सब से छुपा कर रखा था। उसके घरवालों को भी यह ज्ञात न था कि यह सब कैसे हो गया।

        उधर देवेन्द्र, इसी विश्वेश्वर के बगल के गाँव का रहने वाला था। वह बहुत ही मेधावी छात्र था। आठवीं की परीक्षा उसने प्रथम श्रेणी में पास किया था।

उसने अपने स्कूल में प्रथम स्थान प्राप्त किया था और जिले भर में उसने पाँचवाँ स्थान प्राप्त कर अपने गाँव व स्कूल को गौरवान्वित किया था। गणित और विज्ञान में वह बहुत तेज था। अब वह हाईस्कूल में प्रवेश कर चुका था और नवीं कक्षा पास करने के बाद दसवीं कक्षा में पढ़ रहा था। लेकिन अब विषय कठिन होते जा रहे थे। बोर्ड की परीक्षायें थी। वह अपने अध्यापकों से जितना भी स्कूल में सीख सकता था, सीख रहा था। अतिरिक्त समय भी वह अपने गणित और विज्ञान के अध्यापकों से माँगता, लेकिन उनके पास भी इतना समय नहीं होता था कि वह देवेन्द्र के प्रत्येक प्रश्न का हल बताते फिरते। मेधावी छात्र चाहता था कि वह बोर्ड की परीक्षा में भी प्रथम आए, लेकिन उसको पढ़ाने वाला इस गाँव में कौन था? इस गाँव में कोई भी ऐसा नहीं था जो इस मेधावी छात्र की सहायता कर सके।

एक दिन देवेन्द्र जब स्कूल से घर लौटा, तो देखा कि किसी ने पाइथागोरस प्रमेय को बिलकुल ठीक ढंग से उसके आँगन के पटल पर सिद्ध करते हुए खड़िया से अंकित कर रखा है। वह हक्का-बक्का रह गया। उसकी माँ ने उसे बताया कि विशु पागल ने बनाया है। उसकी माँ ने उसे खाना भी खिलाया था। इसी बीच उसने यह प्रमेय सिद्ध कर डाला था। बस क्या था, उसी दिन से देवेन्द्र ने तय कर लिया कि वह विशु चाचा को मनाएगा और जिन प्रश्नों पर वह रुक रहा है, अटक रहा है, उन्हें वह विशु चाचा से हल करायेगा। पर वह, विश्वेश्वर चाचा से सहायता माँगेगा कैसे? क्योंकि विश्वेश्वर तो एक जगह पर रुकता ही नहीं था, टिकता ही नहीं था। वह तो किसी से ठीक ढंग से बात भी नहीं करता। कुछ-कुछ क्षणों में ही वह चंचल होकर इधर-उधर भाग लेता था। उसको एक जगह बैठा कर उससे कुछ प्रश्नों का हल करवा पाना बहुत कठिन था। लेकिन देवेन्द्र के पास और कोई ऐसा व्यक्ति यहाँ नहीं था जो उसकी समस्याओं का समाधान करते हुए प्रश्नों को हल करना बता सके। लेकिन देवेन्द्र जहाँ एक ओर मेधावी छात्र था, तो दूसरी ओर जिद्दी भी था। उसने तय कर लिया था कि वह किसी भी प्रकार से विश्वेश्वर चाचा को मनाएगा। बस यहीं से शुरू होती है इस देवेन्द्र और उसके विशु चाचा की कहानी।

जब से देवेन्द्र की माँ ने विशु को प्यार से खाना खिलाया, उस दिन से वह प्रायः एक- दो दिन छोड़ कर उनके घर पहुँच जाता था। आखिर प्यार से खिलाया खाना किसे नहीं याद रहता। अब देवेन्द्र ही उसके लिए खाना लाता, उसके करीब बैठा रहता, उसके हाव-भावों को समझने का प्रयत्न करता रहता।

वह उसे कभी नहीं चिढ़ाता था। जैसा अन्य किशोर छात्र उसके साथ करते थे। धीरे-धीरे देवेन्द्र उससे गणित और विज्ञान विषयों पर भी चर्चा करने लगा था।

देवेन्द्र एक दिन स्कूल से लौटते वक्त उसके लिए एक बिस्किट का पैकेट लेकर आया था। सन्ध्या होने को थी। वह विश्वेश्वर चाचा का इंतजार कर रहा था कि अचानक उसने शोर सुना और वह समझ गया कि चाचा गाँव में आ चुके हैं। बच्चे उन्हें तंग करते हुए शोरगुल करते उनका पीछा कर रहे हैं। देवेन्द्र खुश हो कर उसी ओर डण्डा लेकर दौड़ा। अब वह 15 वर्ष का ठीक-ठाक शरीर का लड़का था। उसने पागल चाचा के पीछे आ रहे बच्चों को डपटते हुए कहा, ''सब बच्चों, भाग जाओ यहाँ से! उनको कोई पत्थर नहीं मारेगा।''

देवेन्द्र के हाथ में डण्डा देखकर सभी बच्चे वहाँ से खिसक गए। देवेन्द्र ने भी डण्डा फेंक दिया ताकि पागल चाचा उसके हाथ के डंडे को देखकर डरे न। विष्णु चाचा के हाथ में एक फटी-पुरानी, मोटी-सी किताब थी, जिसे वे कंकड़-पत्थरों से बचने के लिए सिर पर रखे हुए थे। अब देवेन्द्र और विशु चाचा पगडण्डी पर आमने-सामने थे। विश्वेश्वर, देवेन्द्र को घूरता रहा, देवेन्द्र उससे एक मीटर दूरी पर था। प्रायः विशु खेतों से कूदता-फाँदता भी भाग जाता था, किन्तु आज वह देवेन्द्र को देखकर भागा नहीं, बस उसे घूर कर देखता रहा।

देवेन्द्र ने विनम्रतापूर्वक उससे पूछा, ''चाचा! किधर से आ रहे हो? दो दिन से दिखाई नहीं दिए।''

उसने उत्तर देने के स्थान पर फटी-पुरानी किताब देवेन्द्र की ओर कर दी।

देवेन्द्र ने पूछा, ''कौन-सी पुस्तक है और आप कहाँ से आ रहे हैं?''

आँख चढ़ाते हुए उसने गर्व के साथ कहा,

''यह गणित की किताब है, लेने गया था।''

''किधर से?''

''उधर।'' एक ओर इशारा करते उसने उत्तर दिया था।

देवेन्द्र ने पूछा, ''किधर से? नाम तो बताओ?''

''दयाकृष्ण के घर से लाया हूँ।''

दयाकृष्ण गाँव में कभी एक अध्यापक हुआ करते थे। अब वे जीवित नहीं

थे, लेकिन उनके घर में बहुत-सी किताबों का ढेर अभी भी रखा हुआ था।

देवेन्द्र ने पूछा, ''चाचा! कुछ खाना-वाना खाया कि नहीं ?''

उसने न में सिर हिलाया।

देवेन्द्र ने बिस्किट का पैकेट दिखाते हुए कहा, ''मैं तुम्हारे लिए बिस्किट लाया हूँ।''

चाचा ने अपने लम्बे हाथ उसकी ओर बढ़ा दिए, परन्तु देवेन्द्र ने उसे देने के स्थान पर कहा, ''चलो चाचा, उधर पेड़ के नीचे बैठते हैं, वहीं खाना।''

वह कुछ नहीं बोला। देवेन्द्र आगे बढ़कर पेड़ के नीचे बने चबूतरे पर जा बैठा। उसका चाचा भी धीरे-धीरे उसके पीछे आकर सामने खड़ा हो गया और देवेन्द्र को घूरने लगा।

अचानक उसने पुस्तक देवेन्द्र पर धीरे से दे मारी। पुस्तक देवेन्द्र के शरीर पर पड़कर जमीन पर जा गिरी। देवेन्द्र ने अपने को संयमित करते हुए पूछा, ''पुस्तक क्यों फेंक दी चाचा ?''

''बिस्किट क्यों नहीं देते हो ?'' उसने अधिकार सहित गुस्से में उत्तर दिया।

देवेन्द्र को एक क्षण के लिए गुस्सा आया, लेकिन देवेन्द्र ने विवेक से काम लेते हुए कहा, ''आइए, यहाँ बैठिये तो सही। यह लीजिए बिस्किट, आप ही के लिए तो लाया हूँ।''

बिस्किट देवेन्द्र के हाथ से लगभग झपटते हुए लेने के पूर्व विशु ने धीरे से जमीन पर पड़ी पुस्तक बटोरी, उसे झाड़ा, कुछ पन्ने जो बिखर गए थे उन्हें सहेजा और आकर देवेन्द्र से कुछ दूरी बना कर बैठ गया। देवेन्द्र ने कुछ कहे बिना बिस्किट का पैकेट उसकी ओर बढ़ा दिया।

देवेन्द्र ने कहा, ''चाचा, पहले मुझे इस किताब के बारे में बताओ।''

लेकिन विश्वेश्वर बिस्किट खाने में तल्लीन हो गया। उसके भीतर अविश्वास जो भरा हुआ था।

देवेन्द्र ने कहा, ''अच्छा चाचा, पहले खा लो, उसके बाद तो बताओगे ?'' विशु ने बिस्किट का पैकेट जल्दी-जल्दी खोला और फटाफट बिस्किट खत्म कर डाले। शीघ्रता से खाने के कारण निश्चय ही बिस्किट उसके गले में फँस रहा

होगा।

उसने देवेन्द्र की ओर इशारा करते हुए कहा,

‘‘पानी लाए हो ?’’

देवेन्द्र ने कहा, ‘‘पानी ? मैं स्कूल से आ रहा हूँ, यहाँ कहाँ पानी है।’’

उसने डाँटते हुए और आँख दिखाते हुए कहा,

‘‘पानी पीना है।’’

‘‘चलो, आगे कुछ दूरी पर जलधारा है, वहीं पानी पी लेना और वहीं बैठकर इस किताब के बारे में बताना, ठीक है ?’’ देवेन्द्र ने समाधान निकाला।

उसने कोई उत्तर नहीं दिया, वह खड़ा हुआ और किताब हाथ में थामे जलधारा की ओर दौड़ पड़ा।

‘‘अरे रुको! मैं भी तो आ रहा हूँ।’’ देवेन्द्र चिल्लाया।

किन्तु वह कहाँ सुनने वाला था। तेजी से दौड़ता हुआ निकल गया। देवेन्द्र ने सोचा, शायद विशु चाचा अब मिलने से रहा। वह भी दौड़ता हुआ उसके पीछे जलधारा तक पहुँच गया। उसके पहुँचते-पहुँचते विश्वेश्वर पानी पीकर एक पत्थर पर आराम से बैठा किताब खोल कर पढ़ रहा था।

देवेन्द्र उसके सामने जा खड़ा हुआ। उसने बिना देवेन्द्र को देखे, पुरानी किताब के पन्ने पलटते हुए कहा, ‘‘बैठो! मैं बताता हूँ।’’

देवेन्द्र उसके बगल में जाकर बैठ गया। वह पहली बार इस विशु चाचा के इतने निकट बैठा था। उसके बदन से पसीने की बू आ रही थी, किन्तु देवेन्द्र उसको सहन करता रहा और उसे गौर से देखता रहा।

‘‘यह गणित की किताब है... कक्षा बारहवीं की।’’

देवेन्द्र ने मजाक किया, ‘‘क्या तुम्हें स्कूल जाना है ?’’

उसने आँखें दिखाते हुए कहा, ‘‘तू तो जा रहा है ?’’

‘‘हाँ, मैं तो जा ही रहा हूँ।’’

‘‘मैं तो तुम्हारे लिए यह किताब लाया हूँ।’’

"मैं क्या करुँगा इससे, यह फटी-पुरानी किस काम की?"

अपने हाथों से झाड़ते हुए विशु ने कड़कदार आवाज में कहा,

"बेवकूफ! पढ़ाई क्या सिर्फ स्कूल जाने के लिए ही की जाती है। किताबें अपने भीतर के प्रश्नों का समाधान करती है।"

देवेन्द्र निरुत्तर था।वह चुप ही रहा। कहीं विश्वेश्वर चाचा नाराज न हो जाएँ। इसलिए देवेन्द्र ने उसकी हाँ में हाँ भरते हुए सहमति में सिर हिला दिया। विश्वेश्वर ने पुनः कहा,

"मुझे एक प्रश्न को हल करना था, तो मैं दयाकृष्ण के घर गया था। उसके घर वालों ने बड़ी मुश्किल से यह किताब दी है।"

वह पुस्तक को झाड़ते-पोंछते रहा, जैसे किसी बच्चे को सहला रहा हो।

देवेन्द्र ने कहा, "यह तो पुरानी है और बेकार है।"

"तुमको मैंने बेवकूफ कहा था न? सही कहा था। अरे बेवकूफ! किताबें कभी पुरानी नहीं होती हैं। हमें उनमें अपने प्रश्नों का उत्तर मिल जाना चाहिए, बस वही पुस्तक उपयोगी है। नए-पुराने से क्या लेना-देना।"

देवेन्द्र फिर निरुत्तर था।वह विशु चाचा को घूरता रहा। आखिर इस विद्वान आदमी को कोई क्यों नहीं समझ पाता। क्या यह मेरा पढ़ाई में सहयोग करेंगे। देवेन्द्र को चुप देख विश्वेश्वर ने कहा,

"तुम मेरे पीछे क्यों पड़े हो? जाओ, घर जाओ, पढ़ाई करो, पढ़ाई का समय बर्बाद क्यों कर रहे हो? मैं जानता हूँ कि तुम बड़े होशियार लड़के हो।"

देवेन्द्र को बड़ा आश्चर्य हुआ, कुछ देर पहले तो वह उसे बेवकूफ कह रहा था, उसे कैसे पता कि मैं बड़ा होशियार लड़का हूँ।

उसने पूछा, "आपको कैसे पता, मैं होशियार छात्र हूँ? अभी तो आप मुझे बेवकूफ कह रहे थे।"

उसने फिर लगभग देवेन्द्र को झिड़कते हुए कहा,

"तभी तो मैं तुमको बेवकूफ कह रहा था।" देवेन्द्र को बार-बार बेवकूफ कहे जाने पर कुछ गुस्सा आया और उसने दृढ़ता से कहा,

''चाचा, तुम मुझे बार-बार बेवकूफ क्यों कह रहे हो? लोग तुम्हें तभी तो पागल कहते हैं?'' उसने देवेन्द्र को क्षण भर के लिए घूरा। देवेन्द्र घबराया। उसने सोचा निश्चय ही मुझे विशु चाचा को पागल नहीं कहना चाहिए था।

लेकिन विश्वेश्वर ने सामान्य तरह से उत्तर देते हुए कहा, ''अरे देबू! मैं तो पागल हूँ ही, इसमें गलत ही क्या है। लेकिन मैं तुम्हें बेवकूफ नहीं कहूँ तो क्या कहूँ? जब तुम नवीं में अपनी कक्षा में प्रथम आये थे तो तुमने मुझे लड्डू खिलाया था कि नहीं? और कहा था कि मैं नवीं कक्षा में प्रथम आया हूँ।''

देवेन्द्र को याद आया कि जब वह नवीं कक्षा में भी अपनी क्लास में प्रथम आया था तो उसके पापा लड्डू लेकर आये थे और उसी बीच विशु चाचा भी गाँव में आए हुए थे, तब मैंने उन्हें लड्डू दिया था। तब वह बहुत खुश हुए थे और पहली बार उन्होंने मेरे सिर पर हाथ फेरा था।

देवेन्द्र ने कहा, '' हाँ हाँ, मुझे याद है।''

''विशु चाचा ने पहली बार हल्की मुस्कान के साथ कहा, ''तब तुम बेवकूफ हो कि नहीं? जो पूछ रहे हो कि तुम्हें कैसे पता मैं होशियार हूँ। जब तुमने प्रथम श्रेणी में पास होने का लड्डू खिलाया तो मुझे ज्ञात हो गया कि तुम एक होशियार और होनहार लड़के हो।''

देवेन्द्र खिलखिला कर हँस उठा।

देवेन्द्र को यह महसूस हुआ कि शायद पहली बार विशु चाचा इतनी देर तक किसी से बात कर रहे हैं वह भी इतने संयम और विवेकपूर्ण भाषा के साथ।

विशु ने गम्भीरता से पूछा, ''क्या तुम्हें कोई गणित व विज्ञान के प्रश्न हल करवाने हैं?''

देवेन्द्र ने उत्तर दिया, ''हाँ, बहुत से। लेकिन चाचा! तुम बैठते ही कहाँ हो? आज पता नहीं कैसे इतनी देर मेरे साथ बैठ गए।''

''बिस्किट खिलाया था न तुमने!''

उसने सपाट-सा उत्तर दिया।

''अच्छा लगा था बिस्किट?'' देवेन्द्र ने जानना चाहा।

''हाँ, पर गले में लग जाता है, पानी भी लाया करो।''

"जल्दी-जल्दी ठूस-ठूस कर खाओगे तो गले में लगेगा नहीं?"

विशु ने पहली बार अपनी गलती को स्वीकार करते हुए सिर हिलाया।

देवेन्द्र ने कहा, "चाचा, मुझे कई प्रश्नों के हल नहीं आ रहे हैं, लेकिन मैं आज किताब यहाँ नहीं लाया हूँ। अब शाम हो रही है, अँधेरा होने वाला है। कल मैं उन प्रश्नों को नोट करके ले आऊँगा, आप उनका हल बता देना या फिर ऐसा करिए कि तुम हमारे घर चलो। शाम का खाना आप मेरे घर में आराम से खाना, रात को प्रश्न भी हल करवा देना।"

उसने अपनी जेब से एक पोटली निकालकर दिखाते हुए कहा, "रोटियाँ हैं मेरे पास। आज के लिए काफी हैं।"

देवेन्द्र ने पूछा, "किसने दी ये रोटियाँ?"

"मास्टर दया कृष्ण के घर वालों ने।"

"यह तो ठीक है, लेकिन रात को रुकोगे कहाँ?"

"गाँव के ऊपर भूत वाली गुफा में।"

इस पर देवेन्द्र ने आश्चर्य के साथ पूछा, "भूतों की गुफा में, आपको वहाँ डर नहीं लगता?"

"तुम चलोगे क्या?"

"मैं तुम्हारी तरह पागल थोड़ी हूँ कि भूत-प्रेत के साथ रहूँ।"

विश्वेश्वर एक झटके से उठ खड़ा हुआ। अपने सिर के बालों को वह दोनों हाथों से नोचने लगा। पुस्तक को पकड़कर वह अपने सिर पर मारने लगा। आँखें चढ़ाते हुए क्रोध में देवेन्द्र से बोला, "मैं पागल नहीं हूँ! भाग जा यहाँ से। तुमको मैं प्रतिभावान लड़का समझ रहा था।"

देवेन्द्र को समझते देर न लगी कि उससे गलती हो गयी है। उसने तुरन्त अपनी गल्ती स्वीकारते हुए और विशु चाचा की बड़ाई करते हुए कहा, "अरे चाचा! नाराज क्यों होते हो। मैं थोड़ी आपको पागल मानता हूँ। ऐसा गाँव के बेवकूफ लोग कहते हैं। उस गुफा में जाने से सब डरते हैं, इसलिए कहा।"

अभी भी वह पागलों की तरह हरकतें कर रहा था। कभी वह सिर के बाल

22

नोचता, कभी पैंट के अन्दर हाथ डालकर गुप्तांगों के बाल नोच कर फेंकने का प्रयास करता। कभी देवेन्द्र की ओर तो कभी आकाश की ओर फटी आँखों से घूरता।

अब देवेन्द्र अभ्यस्त हो चुका था और अब वह इस पागल की हरकतों से डरता नहीं था। वह जानता था कि विशु चाचा उसको कोई हानि नहीं पहुँचाएंगे। देवेन्द्र ने उसका ध्यान अपनी ओर खींचना चाहा ताकि वह हरकतें बन्द कर दे और उसका ध्यान बँट जाए।

उसने कहा, ''चाचा! किताब फट जाएगी, लाओ मुझे दे दो, मैं पढ़ लूँगा।''

एकाएक उसने हरकतें करनी बन्द कर दी और आँखें फाड़-फाड़ कर वह देवेन्द्र को देखता रहा। कुछ क्षण बाद बोला, ''अच्छा! तू अभी दसवीं का छात्र है, इंटर की गणित की किताब कैसे समझेगा?''

''कोशिश करुँगा।''

''चल भाग जा! मुझे घर जाना है।''

देवेन्द्र ने फिर उसको चिढ़ाते हुए कहा,

''घर! तुम उस गुफा को घर कहते हो?''

''हाँ, वही तो मेरा असली घर है।''

''वहाँ तुम्हें भूत-प्रेतों और जंगली-जानवरों से डर नहीं लगता है?''

''अरे मेरे से बड़ा भूत कौन है? कभी जंगली जानवरों से डर लगता था, किन्तु अब वह भी मेरे दोस्त बन गए हैं। मेरी आधी रोटियाँ तो वही खा जाते हैं। अब तो कभी-कभी सियार और भालू भी मेरे साथ ही सो जाते हैं।''

''क्या, सच कह रहे हो चाचा?'' देवेन्द्र के आश्चर्य का ठिकाना न था।

''मैं कभी झूठ नहीं बोलता हूँ, समझे।'' उसने देवेन्द्र को डाँटते हुए कहा।

वह आगे बढ़ गया, देवेन्द्र भी उसके पीछे-पीछे चल दिया। वह आगे-आगे और देवेन्द्र पीछे- पीछे। गाँव की आबादी के पास पहुँच कर उसने देवेन्द्र से कहा, ''अब तुम जाओ, मुझे अपने घर जाना है। अँधेरा होने वाला है।'' ठीक है

चाचा! कल मिलते हैं शाम पाँच बजे। वहीं पेड़ के नीचे जहाँ बिस्किट खाया था।''

''कल भी बिस्किट जरूर लाना हाँ, लेकिन पानी भी साथ में लेकर आना।''

वह कुछ प्रसन्न दिखाई दे रहा था। उसके चेहरे के भावों को देवेन्द्र धीरे-धीरे समझने लगा था। उसे अब विशु के शरीर की भाव भंगिभाओं और उसके स्वर उच्चारणों से यह साफ होता जा रहा था कि, अब वह उस पर विश्वास करने लगा है।

विशु चाचा प्रफुल्लित कदमों से गुफा की ओर बढ़ गया। देवेन्द्र उसे दूर तक जाते देखता रहा। वह भी मन ही मन यह सोचता कि यह विशु कल आयेगा कि नहीं, अपने घर की ओर चल दिया। उसने यह भी ठान ली थी कि वह एक दिन गुफा में जरूर जा कर इसका ठिकाना देखेगा।

घर पहुँचते ही देवेन्द्र के पिताजी उस पर चढ़ बैठे, ''कहाँ उस विशु पागल के साथ घूम रहा था तू?''

''बाबू! मैं उसके लिए एक बिस्किट का पैकेट लायाथा, वही उसको देने गया था।''

''अच्छा! आज तक तो तू मेरे और अपनी माँ के लिए कभी कुछ नहीं लाया और आज उस पगले के लिए बिस्किट का पैकेट?''

''अरे बाबू! वह पागल नहीं है, बस कुछ मानसिक परेशानी का शिकार है।''

''लो कर लो बात! पूरा गाँव, पूरा इलाका जानता है, वह पागल है। उसके घर वाले उसे घर के भीतर आने नहीं देते हैं। उसकी हरकतों को देखो, सबके सामने अपने नीचे-ऊपर के बाल नोचते रहता है। जूठा जो दे दो खा लेता है। नहाता धोता नहीं है और तुम कह रहे हो कि वह पागल नहीं है?''

देवेन्द्र दृढ़ता से अपनी बात रखते हुए कहा,

''अरे बाबू! मेरे कहने का मतलब यह है कि वह वैसा पागल नहीं है जैसा लोग समझते हैं।''

‘‘अरे! ऐसा-वैसा पागल क्या होता है? पागल तो पागल है। वह कुछ पढ़ा लिखा है, कुछ बीच-बीच में ज्ञान की बातें कर लेता है तो क्या वह पागल नहीं है? वह तो एक पढ़ा-लिखा पागल है।’’

देवेन्द्र के पिता मात्र पाँचवीं पास थे, जो उन्होंने गाँव के प्राइमरी से पास की थी। उसके बाद वे खेती-बाड़ी, घर-गृहस्थी के कामों में उलझ गए थे। लेकिन वे देवेन्द्र की पढ़ाई से बहुत खुश थे और उसके बातों का भी मान रखते थे। देवेन्द्र लगातार अपनी कक्षाओं में शीर्ष स्थान पाता जा रहा था। इसलिए भी उसकी बातों को उसके पिता बहुत ध्यान से सुनते और मानते थे, किन्तु इस मामले में वे देवेन्द्र की एक भी नहीं सुनना चाहते थे। देवेन्द्र भी कम जिद्दी न था उसे पढ़ाई की धुन थी, स्कूल में शिक्षक जितना पढ़ाते थे वह प्रथम श्रेणी में पास होने के लिए तो पर्याप्त था, किन्तु उसकी इच्छा थी कि वह पूरे जिले में प्रथम स्थान प्राप्त करे। परीक्षा में अच्छे नंबर लाने के लिए अभ्यास पुस्तिका के समस्त प्रश्नों का हल करना वह आवश्यक समझता था। स्कूल में तो शिक्षक बीच-बीच में प्रश्नों का हल बता देते थे, परन्तु वह अभ्यास के सौ प्रतिशत प्रश्नों को हल करना चाहता था। वह घर आते ही अभ्यास में जुट जाता था, किन्तु बहुत स्थानों पर होशियार होने के बावजूद भी वह अटक जाता था। तब उसकी सहायता इस गाँव में कौन करता, अब उसे विशु चाचा के रूप में यह ज्ञानी पागल मिल गया था। मिल तो गया था, पर उनका ध्यान स्थिर हो तब ना। उसके पागलपन का मुख्य कारण ही स्थिर न होना और चंचलता थी। वह पाँच मिनट से अधिक किसी स्थान पर रुकता ही नहीं था। लेकिन देवेन्द्र ने निश्चय कर लिया था कि वह उन्हें अपना गुरु बनाएगा। प्यार, स्नेह, सम्मान और आदर देकर उसका मन जीतेगा। उसकी बुद्धि क्षमता का भरपूर लाभ उठाएगा। उसे यह पता था यह पागल चाचा इंटर कॉलेज में गणित और विज्ञान के अध्यापक थे। उन्हें पढ़ाई के दौरान कई पुरस्कार मिले थे। उन्हें श्रेष्ठ अध्यापक का पुरस्कार मिल चुका था। लेकिन उनकी यह दशा क्यों और कैसे हुई, कोई नहीं जानता। देवेन्द्र मन में ठान लिया कि वह इस विषय पर अपने पिताजी को मना कर ही रहेगा।

देवेन्द्र ने अपने पिता को समझाते हुए कहा, ‘‘पिताजी मैं अब तक अपनी क्लास में प्रथम स्थान पाता रहा हूँ। अब मैं हाईस्कूल में हूँ, जहाँ बोर्ड की परीक्षाएँ होंगी। मैं इस बार जिले के टॉप छात्रों की सूची में आना चाहता हूँ। यदि जिले के टॉप छात्रों में स्थान पा गया तो, आपको और मुझे जिलाधिकारी से भी सम्मान मिलेगा और हमरा गाँव का पूरे जिले भर में नाम होगा। क्या आप ऐसा

नहीं चाहते हैं?''

देवेन्द्र के पिता ने बड़े स्नेह से उत्तर दिया,

''हाँ बेटा! मैं ऐसा क्यों नहीं चाहूँगा, तुम मेहनती हो, पढ़ने में तेज हो, प्रयास करो। तुम्हारे लिए जो भी मैं कर सकता हूँ, करुँगा।''

''लेकिन पिताजी, प्रयास और मेहनत से ही काम नहीं चलने वाला है। मैं स्थान-स्थान पर अटक जाता हूँ, गणित और साइंस के कई सवालों पर मुझे रास्ता दिखाने वाला कोई नहीं है इस गाँव में। विशु चाचा के अतिरिक्त कोई भी कठिन प्रश्नों का हल नहीं जानता है। मैं चाहता हूँ कि मैं उसे मनाऊँ और उन्हीं से अपने प्रश्नों का हल कराऊँ। इसमें आप मेरी सहायता करें।''

इस पर देवेन्द्र के पिता ने नाराजगी व्यक्त करते हुए उसे हिदायत दी, ''अरे विशु! उस पागल पर तुम विश्वास करते हो? पता नहीं कब क्या कर बैठे, उससे दूर ही रहना ठीक है।''

''नहीं पिताजी! आप जानते नहीं हैं। वह अपने जिले का सबसे श्रेष्ठ छात्र और सबसे श्रेष्ठ अध्यापक रह चुका है। कई सम्मान प्राप्त कर चुका है। गणित और साइंस के विषयों का विशेषज्ञ है...''

देवेन्द्र को बीच में ही ठोंकते हुए उसके पिता ने कहा,

''अरे जब रहा होगा तब रहा होगा। अब तो पागल है। ठीक से बात तक तो करता नहीं है, कैसी ओछी-ओछी हरकतें करता फिरता है। कितना गंदा रहता है।''

''पिताजी! हम सब उसकी बुरी हरकतों को ही देखते हैं, उसकी अच्छाइयों को क्यों नहीं समझते।''

''अरे! कौन सी अच्छाई?''

''पिता जी, आपने शायद देखा नहीं होगा, जब उसका मूड ठीक होता है तो मेरे गणित और साइंस के कठिन से कठिन प्रश्न का हल चुटकियों में बता देता है। नवीं कक्षा में भी परीक्षा के पूर्व उन्होंने मुझे सिर्फ चार-पाँच प्रश्नों के हल करके बताया था। उसमें से परीक्षा में अधिकांश प्रश्न उन्हीं प्रश्नों पर आधारित आ गये थे और मैंने उन्हें आसानी से सही-सही हल कर दिया था। जिसके कारण मुझे पूरे अंक मिल गए थे।''

देवेन्द्र के पिताजी सुनते रहे, इन बातों का उनके पास कोई जवाब नहीं था। कुछ देर रुककर पुनः देवेन्द्र ने अपने पिता का हाथ पकड़ कर गिड़गिड़ाते हुए कहा-

''पिताजी, यदि आप मेरी सहायता करें तो मैं विशु चाचा को मना लूँगा। वह मुझसे खुश रहते हैं और मेरे साथ बातें भी करते हैं। कभी-कभी बातों ही बातों में उनसे प्रश्न भी कर देता हूँ जो मुझे उनसे पूछना होता है। वे गर्व से उसका सही सही उत्तर दे देते हैं। मेरा काम हो जाता है। बस, मैं चाहता हूँ कि आप उनके लिए कुछ ठीक-ठाक कपड़े बनवा दें, कभी-कभी घर पर खाना खिला दें। बस मैं उन्हें मना लूँगा। आप मेरा साथ दें।''

उसके पिता जानते थे कि उनका पुत्र बहुत ही होनहार और बुद्धिमान है। हर एक माता-पिता अपने पुत्र के लिए अपने जीवन का सर्वोच्च देना चाहते हैं। उसके पिता भी चाहते थे कि देवेन्द्र अच्छे अंकों के साथ उत्तीर्ण होकर अपना और मेरा नाम रोशन करे। पिछली कक्षाओं में जब वह अपने स्कूल में शीर्ष स्थान पर रहता था तो उससे मिलने वाले सम्मान और गर्व की अनुभूति उनके अन्दर पहले से व्याप्त थी। यह हर एक माँ-बाप की इच्छा होती है कि उसके बच्चे शीर्ष में पहुँचे।

पूरा वृतांत सुनाकर देवेन्द्र पिता के रुख से रुष्ट होकर बैठ गया। कुछ क्षण देवेन्द्र का पिता चिन्तामणि सोचता रहा, फिर अनायास ही उसने पुत्र को छाती से लगाकर आँखों से अश्रुजल गिराते हुए चिन्तित स्वरों में कहा,

''क्या वह तेरी व मेरी बातें मान जायेगा?''

देवेन्द्र ने अपने पिता को बड़ों की भाँति समझाते हुए कहा,

''पिताजी! प्यार से और सहानुभूति से तो जानवर भी स्नेह करने लगते हैं। विशु चाचा तो मनुष्य हैं। मैं अब उन्हें काफी अच्छी तरह समझने लग गया हूँ।''

''बेटा मुझे डर लगता है, कहीं उस पगले का दिमाग चकराया और उसने तुम्हें कोई हानि पहुँचाई तो?''

''अरे पिताजी! आप इतने दिन से देख रहे हैं, क्या कभी उसने अपनी तरफ से किसी को मारा-पीटा या कोई और हानि पहुँचाई? नहीं न? जब कोई

उन्हें छेड़ता है या बिच्छू घास लगाता है, तो क्या वह चुप रहेगा? वह तभी गुस्सा होता है जब कोई उसे गुस्सा दिलाता है।''

''फिर भी, पागलों का क्या भरोसा बेटा?''

''नहीं पिताजी, वह स्वयं के दिमाग को स्थिर नहीं रख पाता और चंचल होकर इधर-उधर भाग जाता है। फिर भी हमें एक बार प्रयास करने में क्या जाता है? आप मेरे साथ रहेंगे तो कोई हानि की सम्भावना भी नहीं रहेगी।''

''ठीक है, तेरी पढ़ाई के लिए मैं यह भी करने को तैयार हूँ। जब वह गाँव में आए तो उसे किसी तरह मनाकर घर ले आना, फिर देखते हैं, उसका व्यवहार कैसा रहता है।''

देवेन्द्र काफी खुश था, उसके पिता अब उसके साथ थे। वह प्रसन्न हो उठा, लेकिन समस्या यह थी कि विशु चाचा को घर- तक लाया कैसे जाए? देवेन्द्र तब तक उसकी कई कमजोरियों को पकड़ चुका था, जैसे- उसे बिस्किट, टॉफी, पूड़ी, ककड़ी का रायता और खीर बहुत पसन्द थी। जब भी देवेन्द्र उसके लिए बिस्किट, टॉफी लेकर जाता उसे वह बड़ी प्रसन्नता के साथ लेकर चाव से खाता। जब वह ये चीजें नहीं लाता तो वह नाराज होता और नहीं लाने का कारण पूछता और संतुष्ट होने पर ही उससे बात करता था। साथ ही आगे से लाने का वादा कराता। देवेन्द्र जब उससे पूछता कि उसे खाने में क्या पसन्द है तो वह बड़ी उत्सुकता के साथ बताता कि उसे खीर और पूड़ी। देवेन्द्र ने सोच लिया था कि वह इन्हीं चीजों का लालच देकर उसे घर तक लाएगा।

दूसरे दिन शाम के चार पाँच बजे का समय रहा होगा। देवेन्द्र स्कूल से घर लौट चुका था और घर पर ही बैठा था। तभी गाँव के बाहर से उसे शोरगुल और चिल्लाने की आवाजें सुनाई दी। देवेन्द्र समझ गया कि विशु चाचा गाँव में आ गए हैं। लड़के उनको छेड़ रहे हैं। देवेन्द्र का पिता खेत में काम कर रहा था। देवेन्द्र ने उन्हें आवाज देकर बुलाया। उसके पिता चिन्तामणि और वह दोनों लाठी-डण्डे उठाकर उस ओर दौड़ पड़े जिधर हल्ला-गुल्ला हो रहा था।

देवेन्द्र ने देखा कि विशु चाचा ऊँचे पत्थर पर बैठे है, उसके हाथ मे कुछ था जिसे वह सीने से चिपकाए हुए थे। लड़के नीचे से कोई पत्थर और कुछ बिच्छू के घास की लम्बी टहनियाँ उसकी ओर फेंक रहे थे। देवेन्द्र और उसके पिताजी को हाथों में डंडा लेकर आता देख तो बच्चे यही समझे होंगे कि वे पागल को

भगाने के लिए आ रहे हैं। बच्चे लोग अधिक शोर मचाने लगे, किन्तु देवेन्द्र दौड़ता हुआ लड़कों के पहुँचा और एक-दो के पीछे डंडा दे मारा। जैसे हि लड़के उसकी ओर लपके, पीछे से उसके पिता ने कड़क दार आवाज में कहा, ''खबरदार! देवेन्द्र को किसी ने हाथ लगाया, टाँगें तोड़ कर रख दूँगा। तुम सब भाग जाओ यहाँ से, क्यों उस पगले को परेशान कर रखा है।''

उन दोनों के हाथ में बड़े-बड़े डण्डे देख सब लड़के वहाँ से भाग खड़े हुए। ऊँचे पत्थर पर विश्वेश्वर अपनी लम्बी टाँगों के बीच सिर छुपा कर बैठा था। हल्ला-गुल्ला शान्त जानकर उसने टांगों के बीच से सिर निकाला और देवेन्द्र की ओर देखा। एकाएक उसकी आँखों में चमक आ गयी, लेकिन चिन्तामणि को देखते ही उसने अपना मुँह फिर से अपनी टाँगों के बीच छुपा लिया। देवेन्द्र समझ गया कि उसके पिता जो हाथ में लट्ठ लिए खड़े हैं इन्हें देख वह सहम गया है। उसने पिता को इशारा किया और उन्होंने डण्डा दूर फेंक दिया।

देवेन्द्र ने चाचा को आवाज लगाते हुए कहा, ''चाचा, इधर देखो, मैं तुम्हारे लिए बिस्किट और टॉफी लेकर आया हूँ।''

कुछ देर बाद उसने अपनी लम्बी टाँगों के बीच से सिर बाहर निकाला और तिरछी नज़र से देवेन्द्र की ओर देखा। देवेन्द्र उसके काफी करीब था, बिलकुल पत्थर के ठीक नीचे। जहाँ से उसे देवेन्द्र के हाथ में बिस्किट व टॉफी साफ दिखायी दे रही थी। उसने डरते-डरते चारों ओर नज़र घुमाई, अब वहाँ देवेन्द्र और उसके पिता के सिवा कोई नहीं था। शायद अब उसका डर कुछ कम हुआ होगा। वह सीधा होकर बैठ गया।

देवेन्द्र ने कहा, ''चाचा, आप नीचे उतर आओ, अब यहाँ कोई नहीं है। तुम्हारे लिए मैं बिस्किट और टॉफी लाया हूँ।''

देवेन्द्र ने अपना हाथ आगे बढ़ाया जिसमें दोनों चीजें थीं।

उसने पुनः चारों ओर नज़र घुमाई और अकस्मात ही वह ऊपर से कूद पड़ा। चिन्तामणि डर गया कि कहीं वह पागल उसके बेटे के ऊपर ही तो नहीं कूद गया है। चिन्तामणि भी दौड़ कर देवेन्द्र के करीब आ गए। लेकिन ऐसा कुछ नहीं हुआ था। वह तो देवेन्द्र के करीब कूदा था, ठीक उसी जगह पर जहाँ देवेन्द्र हाथ फैलाए खड़ा था। वह देवेन्द्र से बिस्किट और टॉफी देने का आग्रह कर रहा था।

चिन्तामणि की जान में जान आयी।

विश्वेश्वर ने देवेन्द्र के हाथ से बिस्किट और टॉफी तो ले ली, लेकिन उसने उन्हें खाने के स्थान पर वह देवेन्द्र के पिता को घूरने लगा।

देवेन्द्र के पिता ने पूछा,

''अरे विशु! क्या तुम मुझे पहचान रहे हो?''

विशु ने पहली बार जोर का ठहाका लगाया, बिलकुल पागलों की तरह। थोड़ी देर के लिए तो देवेन्द्र और उसके पिता दोनों सहम गये। कहीं इस विशु पागल को हँसने का दौरा तो नहीं पड़ गया। कुछ समय बाद वह शान्त हुआ। टेढ़ी नज़र और गर्दन को मोड़कर उसने चिन्तामणि की ओर देखकर कहा,

''अरे चेतदा! तुम लोग तो मुझे पागल समझते हो? मैं हूँ ही पागल परन्तु इतना नहीं। चेतदा! तेरा हुडकिया बौल में और तेरी होलियारों की टोली में, क्या सैकड़ों बार मैंने तेरा साथ नहीं दिया था। अरे! तुम लोग पागल हो जो मुझे भूल गए हो। मैं कुछ नहीं भूला हूँ, कुछ नहीं।''

देवेन्द्र के पिताजी का नाम चिन्तामणि था, लेकिन सभी उनको ''चेतदा'' के नाम से पुकारते थे। देवेन्द्र के पिता की आँखें डबडबा उठीं। उन्होंने नहीं सोचा था कि विशु पागल को इतना सब याद होगा। देवेन्द्र ने भी अपने पिताजी को इतना भावुक कभी नहीं देखा था। सहसा आगे बढ़कर चिन्तामणि ने विश्वेश्वर को गले से लगा लिया जबकि सामान्य अवस्था में लोग उसको छूना भी पसन्द नहीं करते थे। शायद देवेन्द्र के पिता को उसके साथ बिताए हुए सब लम्हें याद आ गये थे। कुछ क्षण गले लगाए रखने के बाद वह विशु से अलग हुए, किन्तु विशु के हाथ को अभी भी पकड़े हुए थे। उन्होंने प्यार के साथ कहा,

''अरे विशु तुझे तो सब याद है। तुमने और मैंने कितनी बार होलियाँ दिन-दिन भर एक साथ गाई थीं। जब मैं हुड़का बजाता था तो तू ही सबसे पहले नाचता था।''

देवेन्द्र के पिता और कुछ बोलते हैं इससे पहले ही विशन नाचने लगा ठीक उसी तरह जैसे मानो देवेन्द्र के पिता हुड़का बजा रहे हों और वह नाच रहा हो। देवेन्द्र ने विशन चाचा को इतना खुश, इतना नाचते हुए कभी नहीं देखा था। उसने क्या, किसी ने भी विशन को इतना खुश शायद ही देखा होगा। देवेन्द्र के

पिता देर तक उसको देखते रहे। कुछ मिनट बाद शान्त होकर वह चिन्तामणि की ओर मुड़ा और बोला, ''अरे चेतदा! तुझे याद है जब एक बार हमारे घर में होली हो रही थी तो रामखेत गाँव वाले हमारी होली की चीर को चुरा के भाग रहे थे, उनको पकड़ने के लिए कौन दो लोग आगे थे, बताओ तो सही ?''

देवेन्द्र के पिता इस बात को लगभग विस्मृत कर चुके थे, लेकिन आज विशन की बातों को सुनकर वे भावुक हो उठे। उन्होंने विशन को पुनः गले लगा लिया और कुछ क्षण वह ऐसे ही विशन पागल से लिपटे रहे। फिर उन्होंने विशन से नज़रें मिलाकर कहा, ''विशन, तूने तो मुझे रुला ही दिया है, मुझे तो वह बात अभी तक याद भी नहीं थी। तुमने इतनी पुरानी यादें ताजा कर दी। मैं तो समझता था कि तुझे कुछ भी याद नहीं होगा।''

विश्वेश्वर ने आँखें घुमा-घुमा कर एक शिक्षक की तरह देवेन्द्र की तरफ देख कर कहा,

''मेरे प्रश्न का उत्तर तो चेतदा ने तो दिया नहीं।''

उसने समर्थन के लिए देवेन्द्र की ओर देखा। देवेन्द्र ने भी तुरन्त विशन चाचा का समर्थन करते हुए अपने पिता से कहा, ''हाँ पिताजी! विशन चाचा ने आपसे प्रश्न पूछा था, उसका उत्तर तो दीजिए।''

अपनी स्मृति पर ज़ोर डालते हुए उन्होंने एक क्षण आकाश की ओर देखा और फिर कहा,

''अरे! जब रामखेत गाँव के लोग हमारी होली चीर चुराकर भागे तो हल्ला-गुल्ला मचा, हम चार-पाँच लोग लाठी लेकर उनके पीछे दौड़े, उन लोगों ने कई को तो घायल कर दिया, किन्तु वहीं पर विशन और मैंने रामखेत के उन लड़कों को पटक दिया। हमारे गाँव के बाकी लोगों ने उन्हें बाँध दिया। परन्तु रामखेत के दो लड़के चीर लेकर आगे - आगे भाग गये। फिर क्या था, विशन और मैंने उन्हें पकड़ लिया। विशन तो लम्बा चौड़ा अभी है, तब तो सवा छः फिट का गबरू जवान था। मैं भी कम नहीं था। हम दोनों ने उनसे अपनी चीर वापस छीनी और वे सब भाग खड़े हुए। हम दोनों शान से चीर वापस लेकर आ गये। तुम्हारे प्रश्न का उत्तर ठीक दिया कि नहीं, विशन?''

अब रोने की बारी पागल की थी। वह पालथी मारकर जमीन में बैठ गया। उसके हाथों में किताब थी, वह भूमि पर लुढ़क गयी। वह ऊँची आवाज में रोने

लगा। देवेन्द्र ने किताब को सँभाला और उसके पिता ने विशन को। देवेन्द्र के पिता ने उसके पीठ और सिर पर हाथ फेरा और सांत्वना देते हुए उसे शान्त करने लगे।

देवेन्द्र के पिता ने उसके सिर पर हाथ रखते हुए कहा, ''विशन! तू, कैसा था रे! होशियार जवान, जिंदादिल और आज तुझे क्या हो गया? तेरे साथ ये सब क्या हो गया?''

विशन ने अपनी गंदी कमीज के आस्तीन से आँसू पोछ लिये। वह कातर दृष्टि से टुकुर-टुकुर चिन्तामणि को देखे जा रहा था, मानो दुधमुँहा बच्चा हो।

चिन्तामणि के सांत्वना भरे हाथ अभी भी विशन के कन्धे पर थे।

इस वार्तालाप से विश्वेश्वर के अंतर्मन के तनाव निश्चित ही कम हुए होंगे और आँखों से निकले आँसुओं में काफी कुछ क्लेश धुल चुके थे। आज लम्बे समय बाद किसी ने उसे गले लगाया था। पुरानी बातों को याद दिला कर उसके भावों को जगाया था। उसको उसके अच्छे दिनों की याद दिलाकर उसे नचाया था, रुलाया था। स्नेह से सहलाया था।इससे उसके अन्दर एक सकारात्मक ऊर्जा का प्रवेश हुआ होगा, इसमें संशय नहीं।

मन एक गहरे कुएँ के समान है, इसमें से जितना बाहर निकालो उतना ही निकलता है।

ये स्मृतियाँ भी कितनी अजीब होती हैं, मनुष्य को हँसा सकती हैं, रुला सकती हैं। कोई प्यार, स्नेह से बात करे तो उसके मन से बहुत-सा बोझ हल्का कर देती हैं। एक पागल के भीतर भी भावनाओं का ज्वार होता है। लेकिन आम मनुष्य की मानसिकता उसे समझती कहाँ है।उससे घृणा करती रहती है। लोग सोचते हैं, कौन इस पचड़े में पड़े। यहाँ पर तो निश्चय ही देवेन्द्र और चिन्तामणि का कुछ स्वार्थ भी निहित था, लेकिन जो भी हो वह विशन पागल के हित में ही था।

आज जब विशन चाचा के बचपन से लेकर जवानी के साथी ने स्नेह और अपनत्व से उसे गले लगाया तो उसके हृदय में जमी बर्फ पिघलकर बहने लगी। वह अपने को हल्का महसूस करने लगा था। विश्वेश्वर ने चिन्तामणि की ओर देखकर कहा,

''तेरा लड़का बहुत ही होनहार और होशियार है। यह जरूर एक दिन तेरा नाम रोशन करेगा।'' उसने देवेन्द्र के कंधे को थपथपाते हुए कहा।

देवेन्द्र के पिता ने बड़े चिन्तातुर होकर कहा,

''विशन भाई! तुम सही कह रहे हो, देवेन्द्र भी तुम्हारी बहुत तारीफ करता है। तुम्हारी वजह से ही पिछली नवीं की परीक्षा में उसे अच्छे अंक प्राप्त हुए थे।''

''नहीं-नहीं, मेरी वजह से नहीं। यह एक होनहार और प्रतिभाशाली लड़का है, साथ ही यह एक जिज्ञासु छात्र भी है, जिसके कारण यह कक्षा में प्रथम आया था। हाँ! मुझे याद है तब मैंने लड्डू भी खाये थे।''

''परन्तु विशन! इसका इस वर्ष दसवीं की बोर्ड परीक्षा है। गणित और साइंस में वह जगह- जगह पर अटक जाता है। इसको तुम्हारी सहायता की आवश्यकता है।''

विश्वेश्वर एकदम सीधा होकर बैठ गया और प्रफुल्लित होकर बोला, ''अरे चेतदा! मैं हूँ ना! मैं इसे पढ़ाऊँगा।''

तभी वह अपने चारों ओर हाथ घुमाकर अपनी किताब ढूँढ़ने लगा। देवेन्द्र ने पहले ही सँभाल कर रखा थी। उसने तुरन्त ही उसे विशन चाचा की ओर बढ़ा दिया, जिसे उसने लपककर अपनी ओर खींच लिया। देवेन्द्र के पिता ने देवेन्द्र की ओर प्रश्नवाचक दृष्टि डाली, परन्तु देवेन्द्र ने हाथ दिखाकर पिता को शान्त रहने का संकेत दिया। किताब के कई पृष्ठों के पलटते हुए विशन ने चिन्तामणि की ओर देखकर कहा,

''देखो, चेतदा! मैंने कई प्रश्न छाँट कर रखे हैं, देबू को बताने के लिए। मैं इसे पढ़ाऊँगा।इसे स्कूल में ही नहीं जिले में भी प्रथम आना होगा।''

देवेन्द्र के पिताजी ने लोहा गरम देख हथौड़ा चलाया, ''विशन, तुम एक जगह पर टिकते कहाँ हो? गंदे, मैले, कुचैले बने रहते हो। खुजलाते रहते हो। कहीं देवेन्द्र को भी खुजली हो गयी तो?''

देवेन्द्र और उसके पिता विशन की प्रतिक्रिया जानना चाहते थे। अभी तक वह अपने बगलों को खुजला रहा था। चिन्तामणि की बातें सुनकर सहसा उसने खुजलाना छोड़ दिया, लेकिन उत्तर उसने कुछ नहीं दिया। इससे स्पष्ट था कि चिन्तामणि की बातों का उस पर असर अवश्य पड़ा था।

चिन्तामणि ने अवसर जानकर स्नेह भरे शब्दों में कहा, ''विशन भाई, तुम पढ़े लिखे होशियार व्यक्ति हो। तुम अपने समय के प्रतिभाशाली छात्र और श्रेष्ठ अध्यापक रह चुके हो। तुम मेरे साथ हमारे घर चलो। मैंने तुम्हारे लिए साफ कपड़े रखे हैं, तुम नहा-धोकर उनको पहन लो, तुम कितने अच्छे लगोगे। लम्बे-चौड़े तो तुम हो ही।''

''नहीं! मैं नहीं नहाऊँगा, मुझे ठण्ड लगती है।''

''अरे! ठंड कैसी लगेगी। मैं तुम्हें गर्म पानी करके दूँगा और बढ़िया खुशबूदार लक्स का साबुन दूँगा, तुम्हें ठंड कैसे लगेगी? फिर तुम्हारी भाभी ने तुम्हारे लिए पूड़ी, रायता और खीर बनाया है। उसे नहीं खाओगे?'' चिन्तामणि ने अपना अन्तिम शस्त्र चलाया।

पूड़ी, रायता और खीर का नाम सुनते ही विशन की आँखों में चमक आ गयी वह एकदम खड़ा हो गया। देवेन्द्र ने तो सोचा कि अब विशु चाचा शायद हाथ नहीं आएँगे, कहीं वह भाग न जाएँ, किन्तु यह क्या! वह चहककर चिन्तामणि से बोला, ''चेतदा! मैं गर्म पानी से नहाने के लिए तैयार हूँ बशर्ते भाभी खीर में बहुत सारा देसी घी डालकर देंगी जैसे पहले मुझे देतीं थीं।'' यह सुनकर चिन्तामणि का जी भर आया। उसे याद आया कि विशन जब भी छुट्टियों में घर आता था तो वह मेरे घर हमसे मिलने जरूर आता था। अपने अध्यापन के बारे में बताता था। किस तरह उसे श्रेष्ठ अध्यापक का सम्मान प्राप्त हुआ आदि-आदि। तब देवेन्द्र छोटा था। वह भी उसके निकट बैठकर विशन की बातों को ध्यान से सुनता था। देवेन्द्र की माँ उसे गरम-गरम खीर के साथ बहुत सारा दानेदार खुशबूदार देसी घी डालकर देती और वह चाट-चाट कर उसे खाता और अपनी भाभी की भी प्रशंसा करता जाता था। आज उसने दस-ग्यारह साल के पहले की बात याद दिला दी। चिन्तामणि रूँधे कण्ठ से कहा, ''हाँ विशन! तुम्हारी भाभी तुम्हें उसी तरह खीर-घी खिलाएगी, परन्तु तुम्हें पहले गर्म पानी से नहाना पड़ेगा और नये कपड़े पहनने होंगे, मंजूर है?''

''हाँ, गर्म पानी से नहाऊँगा, लेकिन खीर और घी।''

अब देवेन्द्र की बारी थी। देवेन्द्र ने कहा, ''चाचा घर तो चलो, माँ ने खीर-घी के साथ पूड़ी भी बनाई है।''

विशन ने उछलकर कहा, ''अरे वाह! पूड़ी भी?''

वह उछल-उछल कर नाचने लगा था। कई वर्षों के बाद किसी ने उससे प्यार से बात की थी। उसकी मनपसन्द खीर, पूड़ी, घी खिलाने की बात कही थी। लोग तो उसे बची-खुची रोटियाँ व सब्जियाँ दे देते थे। वह भी नीचे रख देते थे या दूर से फेंककर देते थे जैसे वह अछूत हो, कहीं छू न जाये। आज देवेन्द्र के पिता ने भावुक होकर उसको गले से लगाया था, स्नेह से उससे बातचीत की थी, जिसके कारण उसका देवेन्द्र और उसके पिता पर विश्वास और बढ़ गया था।

देवेन्द्र ने विशन हाथ पकड़ा और घर की ओर खींचते हुए कहा, ''चलो चाचा! हमारे घर चलते हैं।''

देवेन्द्र, उसके पिता और विशन घर की ओर चल दिये। पुरानी किताब अभी भी विशन के बगल में दबी हुई थी और वह उसे जतन से सँभाले हुए था। दूसरी ओर देवेन्द्र ने विशन हाथ पकड़ रखा था, कहीं वह भाग न जाए या ऐसे, जैसे एक बड़ा बच्चे की उँगली पकड़कर उसे घर की ओर ले जा रहा हो।

देवेन्द्र का घर कतार से बने मकानों से कुछ दूरी पर अलग से बना हुआ था। इसलिए अन्य लोगों को पता नहीं चला कि विशन पागल उनके घर आया है, अन्यथा भीड़ एकत्र हो गयी होती।

चिन्तामणि ने मकान के पीछे बने नहाने के स्थान पर विशन को बिठा दिया। देवेन्द्र घर के भीतर जाकर पहले ही अपनी माँ को सब कुछ बता दिया था। उसकी माँ व्यवस्था में जुट गयी थीं। कुछ देर में एक बाल्टी गर्म पानी लेकर चिन्तामणि आ गये। तब तक देवेन्द्र विशन को प्रश्नों में उलझाये हुए था। चिन्तामणि ने बाल्टी विशन के सामने रखकर कहा, ''देखो विशन, गर्म पानी है, तुम आराम से नहाओ, तुम्हारे लिए खाने की व्यवस्था हो रही है। तुम्हारे लिए ये साफ-सुथरे कपड़े और तौलिया रखा है। अब तुम नहा लो। और हाँ, कच्छा भी नया है, इसे ही पहनना।''

विशन ने बाल्टी में अंगुली डाली। यह जानकर कि पानी गर्म है, वह आश्वास्त हुआ। आज वह कई महीनों बाद नहाने जा रहा था। उसने खुशबूदार साबुन को बार-बार सूँघा। खुश होकर सिर हिलाया और कपड़े उतारकर नहाने लगा। वह साबुन को कई बार लगा रहा था, जैसे उसे पूरा ही घिस डालेगा। चिन्तामणि यह देखकर प्रसन्न था कि अच्छा है, जितना घिस- घिस कर नहाएगा

उतना ही उसके शरीर से मैल व गन्दगी बह जायेगी। उसने देवेन्द्र की माँ से एक और बड़ी बाल्टी पानी गर्म करने को कहा ताकि साबुन पूरा बह जाए।

देवेन्द्र ने पिता से कहा, ''पिताजी! पानी में थोड़ा नीम या डेटॉल डाल दें, जिससे उनकी खुजली भी खत्म हो जाएगी।''

देवेन्द्र के पिता ने प्रशंसा भरी नज़रों से देवेन्द्र को देखा और उन्होंने वैसा ही किया।

उधर विशन को तो आज जैसे साबुन घिसने का पागलपन सवार हो गया था, परन्तु देवेन्द्र खुश था कि आज वह स्वयं से नहा रहा हैं। सिर पर उसके बाल छोटे-छोटे पहले से ही थे, इसलिए बालों की कोई समस्या नहीं थी। तब तक देवेन्द्र के पिता एक कनस्टर पानी लेकर आ गए। जिसमें उन्होंने दवाई भी मिला दी थी। इस प्रकार विशन ने आज खूब मन लगाकर नहाया। उसने तौलिया से बदन को खूब रगड़-रगड़ कर पोंछा। फिर उसने बिना शर्म के अपना कच्छा, तौलिया लपेटे बिना ही उतार दिया। देवेन्द्र शर्म के मारे वहाँ से भाग खड़ा हुये। तब चिन्तामणि ने कहा, ''विशन, अब तुम्हारा शरीर पोंछ गया है, यह लो, यह नया कच्छा पहन लो।''

विशन ने कच्छा ले लिया और उसे बड़े चाव के साथ पहनने लगा। देवेन्द्र चुपके-चुपके सब देख रहा था। जब विशन चाचा ने कच्छा पहन लिया तो फिर वह सामने आ गया। तब तक देवेन्द्र ने एक लकड़ी के डण्डे से विशन के सारे पुराने कपड़े दूर झाड़ियों में फेंक दिये थे।

देवेन्द्र के पिता ने उसे नये कपड़े देते हुए कहा,

''लो, यह पजामा नया कुर्ता और स्वेटर पहन लो।'' उसने चिन्तामणि के हाथों से कपड़े लेते हुए पूछा, ''मेरे पुराने कपड़े कहाँ गये?''

इस पर देवेन्द्र ने उत्तर दिया, ''चाचा! वह सब फटे- पुराने हो गए थे और गंदे भी। उन सबको मैंने फेंक दिया है। अब आप यही नए कपड़े पहनो।''

तभी वह बिगड़ते हुए बोला, ''उन कपड़ों के साथ मेरी किताब भी थी।''

चिन्तामणि ने जवाब दिया, ''मुझे तो नहीं पता था।''

''दादा, यह तुमने ठीक नहीं किया, तुमने मेरी किताब क्यों फेंक दी? मैं यह कपड़े नहीं पहनूँगा।''

''अरे! तो क्या नंगे बदन ही रहोगे?''

''हाँ, रहूँगा, पहले मेरी किताब लेकर आओ।''

''अरे चाचा! तुम कपड़े पहनो, किताब तो मेरे पास है। मैंने किताब सँभालकर रख दी थी, मैं जानता था किताब कितनी महत्वपूर्ण है।'' देवेन्द्र ने किताब उसे दिखाते हुए कहा।

विशन ने खुश होकर कहा, ''अरे चेतदा! तुम्हारा लड़का तो बड़ा होशियार है, तुम किताब का महत्व क्या समझोगे?''

वह आराम से कपड़े पहनने लगा।

कुछ ही देर बाद, घर के अन्दर से देवेन्द्र की माँ ने आवाज लगायी, ''देबू बेटा, अन्दर आ जाओ, खाना तैयार है।''

वे सब भीतर की ओर चल दिये। चिंतामणि ने अपनी अलमारी से खुशबूदार तेल निकालकर विशन को अपने सिर पर लगाने को दिया, विशन ने मजाक करते हुए कहा, ''अरे दादा! तेल क्या करूँगा, सिर पर तो बाल है नहीं।'' ठीक है विशन थोड़े बहुत तो हैं उसी में लगा लो, बाकी शरीर में भी मल लो, खुशबू आ जाएगी।''

देवेन्द्र सोचने लगा। विशन, लोग जिसे पागल कहते हैं, वह आज पहली बार इतना खुश है, एकाग्र है। पहली बार उसे हम इस तरह देख रहे हैं। वह साफ-सुथरे कपड़ों में एक सजीला पुरुष लग रहा था।

देवेन्द्र की माता जी दो थालियों में पूड़ी, सब्जी और कटोरियों में खीर सजा कर ले आयीं। उसने विशन चाचा को देखते हुए कहा,

''अरे लल्ला! आज तो आप पहचाने नहीं जा रहे हो।''

उसने भाभी से हँसते हुए कहा, ''अरे भाभी! इस चेतदा और तुम्हारे इस देबू ने पता नहीं मुझे क्या-क्या पहना दिया है। अच्छा बताओ, अच्छा लग रहा हूँ?''

भाभी ने कहा, ''आज तो लल्ला, दूल्हा लग रहे हो।''

शरमाते हुए विशन ने उत्तर दिया, ''छोड़ो भाभी, क्यों मजाक करती हो, इस पागल से।''

"अरे लल्ला! तुम्हें कौन पागल कहता है, उसे जरा मेरे सामने लाओ। तुम पढ़े-लिखे और विद्वान हो जो यहाँ के अनपढ़ों को समझ नहीं आता।"

देवेन्द्र ने अपनी माँ को पहले ही समझा रखा था कि उसके सामने उसकी बड़ाई करना है। खीर व भोजन की थाली को देखकर विशन बोला, "भाभी, तुम तो कंजूस हो गयी हो। खीर में कितना कम घी डाला है। पहले जब मैं छुट्टी में गाँव आता था तो, आप मेरी खीर में कितना घी डालती थीं। अब तो मेरी नौकरी भी नहीं रही, पागल जो ठहरा।"

उसकी नाराजगी भरा चेहरा देखकर भाभी ने तुरन्त कहा, "अरे लल्ला! नाराज क्यों होते हो। यह देखो घी का डिब्बा, तुम्हारे सामने रखा है, जितना कहोगे डाल दूँगी लेकिन तुम्हें भी हमारा कहना मानना पड़ेगा।"

"मैं कुछ नहीं मानूँगा। एक तो जबरदस्ती नहला दिया और अब घी भी कम दे रही हो।"

उसने बच्चों की तरह नाराज होकर उत्तर दिया।

देवेन्द्र की माँ ने उसके खीर के ऊपर ढेर सारा घी उड़ेलते हुए कहा, "अब तो खुश हो न! लेकिन देबू को पढ़ाने रोज हमारे घर आना होगा, हाँ।"

हाथों से चपड़-चपड़ करके खीर-घी खाते हुए प्रसन्नता पूर्वक बोला, "अरे भाभी, पूरे गाँव में तेरा देबू ही सबसे अच्छा लड़का है, एक ही लड़का है, जिसने मुझे कभी नहीं छेड़ा, कभी परेशान नहीं किया। मेरे लिये कभी बिस्किट तो कभी टॉफी लेकर आता रहता है। आज तो इसने मेरी पूड़ी, खीर और घी खाने की इच्छा भी पूरी कर दी है। भाभी तुम मुझे ऐसे ही खीर-घी खिलाते रहना, मैं रोज आकर देबू को पढ़ाऊँगा।"

"अरे लल्ला! देखो, रोज-रोज तो खीर, घी, पूड़ी नहीं खिला सकती हूँ। इतना दूध तो होता नहीं है। हाँ, मैं सप्ताह में दो बार खीर-घी और दो बार पूरी, सब्जी, रायता खिला दूँगी। शर्त यही है कि तुम रोज शाम पाँच बजे आकर एक घंटा देबू को पढ़ा दिया करोगे। ठीक है न?"

विशन ने कहा, "देबू को मैं पढ़ाऊँगा। इसे अपने स्कूल में नहीं जिले में प्रथम आना होगा।"

सभी के चेहरों में प्रसन्नता की लहर दौड़ गयी।

विशन खुशी से पूरी घी-खीर चाट गया। फिर वह पूड़ी-सब्जी पर टूट पड़ा। देवेन्द्र के पिता उसके साथ खाते रहे, किन्तु उनका ध्यान विश्वेश्वर पर ही था। देवेन्द्र की माँ भी विस्मित-सी होकर उसे देखती जा रही थीं। उस प्यार के मारे विशन की आँखों में झरझर कर आँसू टपकने लगे।

देवेन्द्र की माँ ने कहा,''लल्ला, रो क्यों रहे हो? सब्जी में मिर्च ज्यादा हो गयी क्या?''

''नहीं भाभी! लगता है आज पेट कुछ ज्यादा ही भर गया है। सालों बाद आज किसी ने इतने स्नेह से मेरा मनचाहा खाना जो खिलाया है।''

खाना खाने के कुछ देर बाद तीनों घर के बाहर बरामदे में आकर बैठ गये। देवेन्द्र चटाई बिछाकर और अपना बस्ता लेकर आ गया। विशन ने उसे पूरे दो घण्टों तक एकाग्र होकर पढ़ाया और कुछ प्रश्न हल करने को दिये और वहीं चटाई पर निश्चिन्त होकर सो गया।

देवेन्द्र, उसके पिता चिन्तामणि और देवेन्द्र की माँ उसको देखते रहे।अब उन्हें देवेन्द्र की बातों पर विश्वास हो गया था कि विशु चाचा उतने पागल नहीं हैं, जितना लोग उन्हें समझते हैं।

देवेन्द्र को अपना गुरु मिल गया था।

2

खण्डहर

रमेश लखनऊ नगर में नौकरी की तलाश में आया था। उसे सरकारी नौकरी मिल गयी। लड़की भी वहीं मिल गयी और वहीं पर उसका विवाह भी हो गया था। ससुराल भी लखनऊ में ही था। अब उसे गाँव में रह रहे अपने बूढ़े माँ बाप की आवश्यकता नगण्य रह गयी थी। किन्तु उन बूढ़े माँ-बाप को अब रमेश की आवश्यकता थी। उनकी बूढ़ी हड्डियों में अब दम नहीं बचा था। रमेश की माँ कहती थी ''तड़ी मै फूंक नहाँती'' अर्थात अब टाँगों में दम नहीं है।

वे पत्र के माध्यम से रमेश को अपनी व्यथा यदा-कदा लिखते रहते थे। थोड़ा-बहुत लड़कों को पढ़ाने में उन्होंने जो कर्ज लिया था उसे चुकाने के बारे में भी वे रमेश को याद दिलाते थे। तब रमेश लखनऊ में सुन्दर पत्नी के साथ किराये के मकान में रहता था, दो बच्चे भी हो चुके थे। जवान शरीर में दम भी था। रमेश ने एक काम अच्छा किया था कि उसके पिताजी द्वारा लिया गया ऋण चुकता कर दिया था। इस तरह उसने अपने माँ-बाप पर महान कृपा की थी। जिसका आभार वे बाद में भी जताते रहते थे और रमेश इस पर गर्व का अनुभव करता था। वह इसलिए भी क्योंकि उसके अन्य भाइयों ने ऐसा नहीं किया था। रमेश अब और अधिक सफलता की ओर बढ़ रहा था। ईमानदारी और बेईमानी की संयुक्त कमाई से उसने लखनऊ में अपने पहाड़ी भाइयों द्वारा बनाए गयी सोसाइटी में एक प्लॉट खरीद लिया था। इस बात की सूचना उसने अपने माँ-बाप को भी दी थी। वे यह जानकर बहुत प्रसन्न हुए थे, हालाँकि उनकी प्रशंसा या नाराजगी का रमेश के लिए कोई महत्व न था। अब वह लखनऊ में प्लॉट

वाला हो गया और वह खरीदे गए प्लॉट पर मकान बनाने की सोचने लगा।

रमेश को बचपन की बातें याद आयीं, जब जाड़ों की लम्बी रातों में परिवार के सभी लोग जलती धूनी के चारों ओर बैठ जाते थे और उसके पिताजी जो घर के मुखिया भी थे। अपने जीवन के संस्मरण उन्हें सुनाया करते थे। वे बताते थे कि जब वे मात्र 18 वर्ष के थे तो हमारे दादा जी का देहाँत हो गया था। मैं तीन भाईयों और दो बहनों में सबसे बड़ा था इसलिए घर की पूरी जिम्मेदारी मुझपर आ गयी थी। वे बताते हुए भावुक हो जाते थे कि कैसे उन्होंने अपनी माँ की छत्र-छाया में तीनों भाइयों व दो बहनों का लालन-पालन किया और उन्हें पाल-पोस कर उनका शादी-विवाह किया। जबकि उनका कोई भी आमदनी का स्रोत नहीं था। सिर्फ खेती और गाय-भैंसों का ही सहारा था। रमेश को यह बात विशेष रूप से याद थी कि उन्होंने तीनों भाइयों व बहनों के शादी-विवाह के साथ ही तीनों भाइयों के लिए एक समान एक-एक मकान बनाया। उन्होंने बताया था कि तब तक उनके दोनों भाई भी समर्थ हो चुके थे और उन्होंने भी मकान बनाने में भरपूर आर्थिक सहयोग किया था। इस प्रकार जहाँ तुम सब बैठे हो, यह मकान बन गया।

रमेश को अपने पिता की कही गयी और बातें याद रही हों या न रही हों, परन्तु मकान बनाने वाली बात उसके मस्तिष्क में अभी भी कौंध रही थी। उसको लगा कि उसे अपने पिता की शिक्षा पर अमल करना चाहिए और लखनऊ में अपना मकान जरूर बना लेना चाहिए। अन्तर इतना था कि उसके पिता ने अपने प्रत्येक भाई के लिए मकान बनाया था, किन्तु रमेश सिर्फ अपने लिए मकान बनाना चाहता था। अन्य भाई क्या करेंगे, इससे उसका कोई सिरोकार न था। रमेश पर अपने भाई-बहनों, माता-पिता का कोई दायित्व नहीं था। ऐसा क्यों था? शायद यह नयी पीढ़ी जानती होगी। बस उसे अपने इस प्लॉट पर मकान बनाना था। शायद अब सामूहिकता का भाव मृत हो चुका था और संयुक्त चिन्ता का स्थान एकांकी सुख ने ले लिया था।

सामूहिक घर का स्थान अब मकान ने ले लिया था।

अब रमेश का लखनऊ की धरती पर एक सुन्दर-सा मकान खड़ा हो रहा था। अब उसके पास अपने बूढ़े माँ-बाप की चिन्ता करने का समय ही कहाँ था। उधर गाँव में उसके पिता द्वारा बनाए गए उन्हीं की भाँति बूढ़े होते जा रहे मकान की स्थिति चिन्ताजनक हो रही थी। एक दिन उसके पिता का पत्र आया जिसमें

लिखा था, ''बेटा! मकान की भीत व बल्लियाँ टूटती जा रही हैं। पाथर अन्दर गिरने लगे हैं। मकान का सुधार आवश्यक हो गया है। इसमें बीस-पच्चीस हजार का खर्च आयेगा, यदि इसकी व्यवस्था कर दो तो मकान गिरने से बच जायेगा।''

पिता की भी निश्चित ही रमेश से ज्यादा आशा रही होगी क्योंकि वह लखनऊ में लाखों रुपए खर्च करके बड़ा मकान जो खड़ा कर रहा था। दस-बीस हजार की व्यवस्था करना उसके लिए बड़ी बात नहीं थी। हाँ, यह बात भी सही थी कि औकात से बड़ा मकान खड़ा करने के कारण वह फौरी तौर पर आर्थिक तंगी का शिकार था।

उसने अपने भाइयों से जानकारी चाही कि क्या पिताजी ने उनसे गाँव के मकान को सुधारने हेतु रुपयों की व्यवस्था के लिए कहा है।

उसके भाइयों का उत्तर न में था।

रमेश ने पिता के पत्र का उत्तर देते हुए लिखा, ''पिताजी! एक तो मैंने यहाँ पर मकान बनाने का बीड़ा उठाया है, जिसके लिए मैंने अपने जीपीएफ और बैंक से कर्जा ले रखा है। आधी से अधिक तनख्वाह तो उसे चुकाने में ही खर्च हो जाती है। बच्चे अंग्रेजी स्कूल में पढ़ रहे हैं, जिसमें बहुत खर्चा आ जाता है। अभी मकान का भी काफी काम बचा हुआ है, जिसे मैं रुपयों की कमी के कारण पूरा नहीं कर पा रहा हूँ। मैं मकान बनाकर बुरी तरह आर्थिक परेशानियों में आ गया हूँ।''

यह सही था कि रमेश ने मकान बनाने में कुछ ज्यादा ही खर्च कर दिया था। शायद उसने अपनी क्षमता से अधिक बड़ा मकान बनाने का गलत निर्णय ले लिया था। इसलिए वह अधबने मकान में आकर रहने भी लगा था कि प्रतिमाह किराया न देना पड़े। रमेश ने अपने पिता को आगे लिखा, ''पिताजी! मैं इन परिस्थितियों में पैसा नहीं भेज सकता हूँ, क्यों न आप मेरे बड़े भाइयों से पैसा माँग लें, अभी वे मकान भी नहीं बना रहे हैं। फिर उस गाँव वाले मकान में हम तीनों भाइयों का बराबर का हक भी तो है। यदि बहुत जरूरी हुआ तो मैं अपने हिस्से का पाँच-छः हजार रुपए किसी तरह व्यवस्था करके भेज दूँगा।''

रमेश का जवाब पिता को जा चुका था। उसे उनकी प्रतिक्रिया की प्रतीक्षा भी नहीं थी। वह अपने मकान को सँवारने में लग गया। उधर बरसात के मौसम को ध्यान में रख उसके पिता अपने गाँव के पुराने मकान के प्रति चिन्तित थे,

उन्होंने रमेश के दोनों बड़े भाइयों को पत्र लिखा कि वह सब थोड़ा-थोड़ा धन बरसात के पहले भेज दें तो मकान की मरम्मत की जा सकेगी। परन्तु उन्हें बहुत दुःख हुआ था कि रमेश के दोनों भाइयों ने कोई सकारात्मक उत्तर नहीं दिया। उल्टा उन दोनों ने अपने पिताजी को यह लिखा कि रमेश जो लाखों रुपए का मकान लखनऊ में खड़ा कर रहा है, वह क्यों नहीं बीस-पच्चीस हजार की व्यवस्था कर गाँव के मकान को भी सुधरवा दे।

किस्सा यह रहा कि मकान के मरम्मत का कार्य न हो सका। परिणाम यह रहा कि पहली ही बरसात में आधा मकान गिर गया। रमेश के पिता ने तीनों बेटों को स्थिति बताते हुए पुनः पत्र लिखा कि अभी भी पच्चीस-तीस हजार रूपयों की व्यवस्था हो जाए तो मकान को बचाया जा सकता है। रमेश की माँ और उसके पिता आधे मकान में किसी तरह सिर छुपाकर रह रहे थे, किन्तु रमेश और उसके भाइयों ने अपने पिता के पत्र का कोई उत्तर नहीं दिया।

लगभग एक माह बाद अचानक रमेश को एक तार मिला। लिखा था,

''फादर एक्सपायर्ड कम सून''

रमेश आनन-फानन में अकेले ही घर की ओर रवाना हो गया। उसे अत्यन्त दुःख हुआ था। वह सोचने लगा कि पिताजी तो स्वस्थ थे। पहाड़ की आबोहवा उनको तंदुरुस्त रखे हुए थी। माँ घर में सदैव गाय-भैंस पालती थी। सप्ताह में एक दिन वह दही मथती, न्यूड़ी (मक्खन) निकालती थी। मथने की आवाज और घी बनाने की महक से पूरे गाँव को पता चल जाता था कि आज हमारे घर में छांछ अवश्य मिल जायेगी। छांछ लेने वालों की भीड़ एकत्र हो जाती थी। रमेश के पिता को उसकी माँ रोज एक कटोरा घी भरकर देती थी। कहने का तात्पर्य था कि उसके पिता का शरीर दूध-घी खाकर मजबूत था और कड़ी मेहनत व कर्मठता के कारण निरोग भी। तब कैसे अचानक उनका देहान्त हो गया। गाँव की ओर जाते-जाते ये बातें रमेश के दिमाग में घूम रही थीं। रमेश के गाँव पहुँचने से पूर्व ही उसके दोनों बड़े भाई अलग-अलग शहरों से गाँव पहले ही पहुँच चुके थे। रमेश उन सब में छोटा था। घर पहुँचते ही उसकी माँ ने अपने छोटे बेटे को सीने से लगाकर चीत्कार किया।

रमेश ने रोते-रोते पूछा, ''माँ! यह सब कैसे हो गया।''

बताने की आवश्यकता नहीं है कि रमेश के घर पहुँचने से पहले ही उसके

पिताजी का अन्तिम संस्कार हो चुका था, क्योंकि बड़ा भाई पहले ही पहुँच चुका था और रमेश दूसरे दिन देरी से पहुँच पाया था।

रमेश के प्रश्न का उत्तर उसकी माँ देती, इसके पहले ही रमेश के चाचा बोल पड़े,

''अरे..! तुम लोग शहरों में लाखों का मकान खड़ा करो, यहाँ माँ-बाप को खण्डहर मकान में अकेले छोड़ रखा है। तीन भाई, तीनों सरकारी नौकरी में होकर भी खण्डहर मकान को ठीक करने के लिए तुम लोग बीस-पच्चीस हजार रुपए घर नहीं भेज सके। बेचारे दाज्यू छत पर चढ़कर किसी तरह घर को रहने लायक बना रहे थे कि ऊपर से फिसलकर गिर पड़े। दार-पाथर सब उनके ऊपर गिरा, सिर पर गहरी चोट लग गयी। बुढ़ापे का शरीर ठहरा, चल बसे और क्या।'' उनके शब्दों में कटाक्ष किन्तु सच्चाई थी। रमेश के पास कोई उत्तर नहीं था। वह चुपचाप माँ को अपने सीने से लगाकर खड़ा सुनता रहा।

रमेश की ममतामयी माँ रमेश को सीनें से लगाकर दहाड़ मारकर रोती रही। रमेश के मन में भी पता नहीं कैसे-कैसे विचार आये। कर्मठ पिता की छवि उसके मस्तिष्क में घूमने लगी, हीन मनोभावों के साथ सोचने लगा कि यदि अपने मकान में संगमरमर का पत्थर न लगाता और पिताजी को पच्चीस हजार भेज देता तो शायद आज पिताजी का साया हमारे सिर पर होता। उसे अपने पिता की कही पुरानी बातें याद आ रही थी कि किस तरह उन्होंने अपने तीनों भाइयों और दो बहनों को पढ़ाया-लिखाया, उनका शादी-विवाह किया। सबके लिए मकान बनाया और पता नहीं क्या-क्या किया था। वह मात्र पाँचवीं पास थे। उनके पास कोई नौकरी भी नहीं थी। मेरी दृढ़ निश्चयी दादी और पिताजी की कर्मठता ने घर को ही नहीं पूरे गाँव को सँभाला था। खेती-बाड़ी, गाय-भैंसों के बल पर उन्होंने अपने भाई, बहनों का लालन-पालन और पोषण किया था। आज उनके सभी भाई सम्पन्न थे। रमेश को याद है कि उसके पिताजी हुक्का गुड़गुड़ाते हुए बताते थे कि कैसे उन्होंने और उनके भाइयों ने इतना बड़ा मकान खड़ा किया था। हमारे संयुक्त परिवार के हम दर्जन भर बच्चे उनकी बातों को तल्लीनता के साथ सुना करते थे। उन्होंने यह भी बताया था कि किस तरह मेरी माँ ने भी इस मकान को बनाने में महत्वपूर्ण भूमिका अदा की थी। मेरी माँ कुमाऊँ के दानपुर क्षेत्र की एक कर्मठ महिला थी। हमारे गाँव में यह कहावत प्रसिद्ध थी कि जिसको अपना घर-बार सँभालने के लिए कर्मठ बहू चाहिए तो वह ''दानपुराड़ी'' ले आये अर्थात

दानपुर से बहु ले आये। मेरी माँ ने इस कहावत को चरितार्थ कर दिखाया था। वह पुरुषों द्वारा किए जाने वाले कठिन से कठिन काम को बखूबी अंजाम देती थी। बड़े-बड़े पत्थर तोड़ना, उन्हें ढोना, इमारती लकड़ी को आरे से चीरना हो, हर काम को मेरी माँ पुरुषों के साथ कंधे से कंधा मिलाकर करती थी। इस प्रकार मेरी माँ ''दानपुराणबामणी'' (दानपुर की पण्डिताइन) के नाम से प्रसिद्ध हो गयी थी।

अगले दिन रमेश खण्डहर हो चुके मकान की दलहीज पर खड़ा था, जो अब मिट्टी और पत्थरों से पटा पड़ा था। लेकिन लकड़ी का वह मजबूत दस फीट ऊँचा चौखट अभी भी वैसा का वैसा खड़ा था। यह चौखट मजबूत तून की लकड़ी से बना हुआ था जो एक रेशे रहित चिकनी किन्तु मजबूत इमारती लकड़ी थी। उस पर काष्ठकला के कलाकारों ने सुन्दर कृतियाँ उकेरी थी। भगवानों की मूर्तियों के अतिरिक्त बेल-बूटे, फूल-पत्ती, पशु-पक्षियों आदि के चित्र बड़ी खूबसूरती से उकेरे गये थे, जो अभी भी उतने ही आकर्षक थे। रमेश उसी चौखट पर बैठ गया और अनायास ही वह जोर-जोर से रोने लगा। इस पूरे मकान में उसका बचपन बिखरा पड़ा था। उसी चौखट पर बैठकर वह खेला करता था, काष्ठ कलाकृतियों से बातें किया करता था। इसी चौखट से कूदकर अपने पिता के कंधे पर झूल जाता था... कई स्मृतियाँ उसके मस्तिष्क में घूमने लगीं। वह सब कुछ भूलकर आज बच्चा-सा बनकर रो रहा था, परन्तु आज यह घर नहीं खण्डहर भर रह गया था। चौखट के ऊपर जगह-जगह बने गौरैया के घरौंदे टूट कर बिखरे पड़े थे। शायद उनके अण्डे या बच्चे भी कहीं इस मलबे में न दब गये हों। रमेश अवाक्-सा बस चारों ओर देखता रह गया। अपनी बिखरी यादों को समेटता रहा। आज उसके माता-पिता की असीम मेहनत से बनाया हुआ यह सुन्दर घर खण्डहर में परिवर्तित हो चुका था, जिसका सारा दोष रमेश स्वयं को दे रहा था। काश! उसने भाइयों का भरोसा छोड़कर स्वयं बीस-पच्चीस हजार पिताजी को भेज दिये होते। वह आँसू बहाता रहा। उसे अपनी गलती पर पछतावा हो रहा था।

अगले बारह दिनों तक गाँव वालों से मुलाकातें होती रहीं, तरह-तरह की बातें सुनी, भाइयों की बदनामी भी हुई, व्यंगबाण भी थे, लेकिन अंत में सभी यह कहते हुए अपनी बात समाप्त करते थे कि आजकल तो सभी शहर की तरफ जा रहे हैं फिर तुम्हारा ही दोष क्यों? पूरे गाँव में या तो बूढ़े बचे हैं या वे जिनका शहर

में कोई नहीं है।

अन्तिम क्रियाकर्म पूर्ण हो चुके थे। रमेश के पिताजी कभी गाँव के सभापति हुआ करते थे। वे सामाजिक कार्यों में सदैव लगे रहते थे। ब्रह्मभोज में आसपास के कई गाँवों के लोग एकत्र हुए थे।

उसी रात को तीनों भाई, उनके चाचा जी, माता जी तथा कुछ अन्य नजदीकी रिश्तेदार साथ बैठे बातचीत कर रहे थे। तभी बड़े चाचा ने भाइयों को सम्बोधित करते हुए कहा, ''अब आगे तुम लोगों को क्या करना है विचार लो? अपनी इस बूढ़ी माँ को यहीं इस खण्डहर में छोड़कर जाओगे या अपने साथ ले जाओगे?'

तीनों भाइयों के सिर नीचे थे, किसी ने कोई उत्तर नहीं दिया। चाचा ने आगे कहा,

''ठीक है, आपस में विचार-विमर्श कर लेना, लेकिन दाज्यू के पूरे अन्तिम संस्कार पर लगभग बीस-बाईस हजार रुपयों का खर्च आया है। गाँव के दुकान से लाये गये कुछ सामान का भी पैसा देना बाकी होगा। तुम तीनों भाई यह पैसा चुकता करते जाना।''

इतना कहकर वह पाँव पटकते हुए दूसरे कमरे की ओर चल दिये। वे उनके व्यवहार से बुरी तरह रुष्ट थे।

उन्हें चुप देख माँ ने तीनों को सम्बोधित करते हुए नाराजगी भरे स्वरों में कहा, ''अगर समय रहते तुम तीनों ने बीस-पच्चीस हजार रुपए भेज दिये होते तो मकान भी ठीक हुआ होता और तुम्हारे बाबू भी हमारा साथ छोड़कर न गये होते। आखिर तुम लोगों को उतना पैसा अब भी तो खर्च करना ही पड़ा। पूरे इलाके में बदनामी हुई, सो अलग। अब सिर झुकाकर बैठने से क्या होगा। चाचा जी को पूरा पैसा कल ही लौटा देना। और भी कोई खर्चा हुआ हो वह भी पूछ लेना।... अब इसके बाद तुम्हें अपने बाबू पर कोई रुपया खर्च नहीं करना पड़ेगा।''

अन्तिम वाक्य पर जोर देकर उसने कहा और सिसक-सिसक कर रोने लगी। बगल में बैठी उनकी देवरानी ने उसे सँभाला।

रमेश के बड़े भाई साहब ने बड़े होने का फर्ज निभाते हुए कहा, ''माँ, रोओ मत। अब जो होना था, हो गया। ईश्वर को शायद यही मंजूर होगा। हम चाचा

जी को कल ही पूरा पैसा लौटा देंगे और जो भी हिसाब रहा होगा सब दे देंगे।''

रमेश की माँ ने एक नज़र अपने बेटों पर डाली। उसके मन में कई प्रश्न तैर रहे थे। यदि तुमने पहले ही पैसे भेजने में तत्परता दिखायी होती तो क्या आज यह दिन देखने को मिलता।

वह मन ही मन सोच रही होगी कि न तो उसका पति ही जीवित बचा, न मेहनत से बनाया गया उसका अपना घर। उसे तो अब एक नई चिन्ता सता रही थी कि अब मुझे किस पुत्र के साथ जाना होगा।

अभी तो उसका बँटवारा शेष था।

अगले दिन तीनों भाइयों ने अपने चाचा के साथ बैठकर पूरा हिसाब-किताब निपटाया, जो भी देनदारी बाकी थी, उसका भुगतान किया। उसके बाद वे तीनों अपना सामान बटोरने लग गए अर्थात वे यह प्रदर्शित करना चाह रहे थे कि वे शीघ्र ही गाँव से खिसकने की तैयारी में जुट गए हैं। उस दिन मौसम साफ था। रमेश की माँ अपने तीनो बेटों, उसके चाचा के साथ अपने खण्डहर हो चुके मकान के पास खड़ी थी। व्यथित होकर उसने कहा, ''इसमें सब बर्तन-भाँडे दब गए हैं। मेरा सन्दूक भी दब गया है। उसे निकालने के प्रयास करो। अनाज, बिस्तर तथा अन्य सामान तो बरसात के कारण सब खराब हो गया होगा।''

तब तक गाँव के भी आठ-दस लोग इकट्ठा हो गए थे। सबने खण्डहर के मलबे को हटाया। उसमें से बर्तन-भाँडे आदि बाहर निकालना शुरू किया। रमेश की माँ का सन्दूक भी उस खण्डहर में मिल गया, सुरक्षित था किन्तु पिचक जरूर गया था। उसमें ताला अभी भी यथावत पड़ा था। तीनों भाइयों की नज़र उस सन्दूक पर जरूर पड़ी थी, उसमें माँ के पुराने जेवर जो थे।

सब सामान इकट्ठा कर चाचा के घर पर रखवा दिया गया। खेती-बाड़ी के प्रयोग की वस्तुओं से इन तीनों भाइयों का कोई लेना देना था नहीं। कुछ खास-खास बर्तन इन भाइयों ने आपस में बाँट लिये और जो बड़े ताँबे के बर्तन और बड़ी-बड़ी गगरियाँ आदि थे उनका शहर में अधिक उपयोग नहीं था। वह सब चाचा के यहाँ रखवा दिए गए।

अब अम्मा के बँटवारे की बात थी। रमेश के दोनों भाइयों ने एक स्वर में यह निर्णय लिया था कि, क्योंकि वह दोनों किराए के छोटे-छोटे कमरों में बच्चों के साथ रहते हैं और रमेश ने काफी बड़ा घर बनवाया है अतः रमेश माँ को अपने

साथ रखेगा। रमेश पैसा न भेज पाने के कारण कुछ अपराध बोध से दबा था और सब भाई बहनों में छोटा होने के कारण माँ का लाडला भी था। वह भी माँ को हृदय से प्रेम करता था। उसने भी यह जानते हुए कि उसकी पत्नी उस पर जरूर झुँझलाएगी, वह माँ को साथ ले जाने के लिए तैयार हो गया।

अब उस खण्डहर हो चुके मकान को खड़ा करने का तो प्रश्न ही नहीं था, क्योंकि उसे बनाने में लाखों खर्चा होता। जो लड़के उस मकान की मरम्मत के लिए 20-25 हजार खर्च नहीं कर पाए, वह आज क्यों लाखों रुपये इस खण्डहर को ठीक कराने के लिए लगाएँगे। इससे तो उनका अपने-अपने शहरों में मकान खड़ा हो जाएगा।

खण्डहर की नियति तय हो चुकी थी।

अब रमेश की माँ गाँव से सदैव के लिए जाने को तैयार थी। फिर शायद कोई बुलाए तो वह आ पाये। पूरा गाँव रमेश की बूढ़ी माँ को विदाई देने के लिए एकत्र हो चुका था। इस बूढ़ी को चाहने वालों की कमी नहीं थी, जिसे प्रेम और आदर के साथ गाँव के लोग ''दानपुराणी बामणि'' के नाम से पुकारते थे। उन्होंने इस बूढ़ी अम्मा के साथ जीवन के बहुमूल्य समय बिताये थे। बूढ़ी अम्मा ने अपनी कर्मठता और व्यवहार से उनका मन मोहा था। वह जड़ी- बूटियों से छोटी-मोटी बीमारियों का इलाज करती थीं। दाई का काम भी उसने बखूबी निभाया था। उसने कई जच्चा-बच्चा का जीवन बचाया था। पेट दर्द होने पर दवा देती, मंतर भी लगाती थी। आज उसके गाँव छोड़कर जाने पर सब को दुःख था। रमेश की माँ की तो कर्मस्थली ही छूटी जा रही थी। बसा-बसाया घर तो टूट ही चुका था।

उसने जाते-जाते सबको रो-रो कर गले से लगाया और सबके सामने अपनी पीड़ा को सुनाते हुए कहा,

''मुझे अपने विवाह पर मायके से ससुराल आने पर इतना कष्ट नहीं हुआ, जितना आज अपने खण्डहर घर को देखकर और इस गाँव को छोड़कर जाने से हो रहा है। मैं बूढ़ी अब दुबारा लखनऊ से गाँव आ पाऊँगी कि नहीं...''

उसका गला पूरी तरह रुँध गया और उसकी आँखों से झरझर आँसू बहने लगे। रमेश की चाची ने उसको गले लगाते हुए कहा था,

''दीज्यू! आप आएँगी, क्यों नहीं आएँगी, अभी मेरे बेटे उमेश की शादी

तय होने वाली है। आप उसकी शादी में जरूर आएँगी। आपका यह देवर आपको लेने आएगा।''

सबकी आँखों में आँसू थे। रमेश के चाचा ने अपनी भाभी के पाँव पकड़ लिये और कहा,

''भाभी, मत जाओ! आपने हमें बच्चों की तरह पाला है। क्या हम पर आपका अधिकार नहीं है? इस बुढ़ापे में आप हमारे साथ रहें। गाँव में ही रहें। क्या हम आपको नहीं पाल सकते हैं?''

रमेश की माँ फफककर रो पड़ी। उसने रमेश के चाचा को गले से लगा लिया, परन्तु मुँह से एक भी शब्द नहीं निकला। बस अपने देवर के गालों को अपने हाथ में लेकर उसके मुख को निहारती रही। अगले ही पल निर्मोही की भाँति हाथ छुड़ाकर रमेश की तरफ आ खड़ी हुई और पलटकर कहा, ''लल्ला! मुझे अधिक न रुलाओ, मैं गाँव से जा नहीं पाऊँगी।''

यह कहकर उसने रमेश की चाची से भी हाथ छुड़ाया और तेज कदमों से आगे बढ़ गयी। आगे उसका खण्डहर घर उसकी प्रतीक्षा कर रहा था। वहाँ पर वह दो पल के लिए खड़ी हुई। उसकी आँखों के आँसुओं की दो बूँदों ने उस खण्डहर को चूमा, जिसमें कभी उसका पसीना लगा था। उसने खण्डहर की एक चुटकी मिट्टी अपने माथे पर लगायी और वह फिर पीछे नहीं मुड़ी।

इस नारी का दर्द कौन समझ सकता था? कौन शब्दों में बयाँ कर सकता था। रमेश को कुछ अनुभूति जरूर थी क्योंकि कुछ दिन पहले वह भी इस खण्डहर को देखकर रोया था। उसने अपनी माँ को सहारा दिया और पैदल मार्ग पर शहर की ओर चल दिया। पूरा गाँव सिसक रहा था।

रमेश की माँ का मायका छूटा था, जहाँ उसने बचपन और किशोरावस्था के अमूल्य दिन बिताए थे। उसका ससुराल छूटा, जहाँ उसने अपनी जवानी के खूबसूरत दिन बिताए थे, अपनी हाड़-तोड़ मेहनत से सुन्दर घर बनाया था, सँवारा था। बच्चों को पाला-पोसा, पढ़ाया-लिखाया था, बेटे-बेटियों की शादियाँ की थी। अपनी अनगिनत यादों को गाँव के इस खण्डहर में दफना कर वह एक नये परिवेश में अपने बेटे के साथ जा रही थी। जीवन की ढलती शाम में उसे एक लाठी की आवश्यकता थी, हालाँकि उसके नालायक बेटों के कारण ही उसे यह दिन देखना पड़ रहा था, लेकिन फिर भी वह उन्हीं बेटों के भरोसे उनके

साथ जाने को विवश थी। जीवनसाथी के बिना वीरान जीवन, निःशब्द, बेबस, काँपते हाथों को सहारे की आवश्यकता थी। उम्र के इस पड़ाव में अभी उसका एक और नये जीवन से पाला पड़ने वाला था। उसका वह नया ससुराल पता नहीं कैसा होगा? वहाँ की मालकिन कैसी होगी?

पर मनुष्य के हाथ में सब कुछ तो होता नहीं है। नियति के हाथों का खिलौना है, मनुष्य। वह नयी-नयी यात्राओं पर सदैव निकलता ही रहा है।

3

अछूत चुम्बन

एक बाग में बहुत सारे फूल खिले थे। चारों ओर फूल, पत्ती और हरियाली बिखरी हुई थी। इन फूल-पत्तियों को खाद-पानी मिला, माली की देखरेख में वे लहलहा उठे। इसी बाग के कोने पर माली की नज़र नहीं पड़ी... जहाँ कुछ फूल और भी खिले थे। प्रकृति द्वारा जितना उन्हें मिला, उसके सहारे वे बिना माली की देखरेख के बढ़े, खिले..जिसके कारण उनके रंग चटकीले नहीं थे और वे लोगों को अपनी ओर आकर्षित नहीं कर पाये थे। वे बहुत कम समय के लिए खिले क्योंकि उन्हें खाद-पानी मिला नहीं, माली की दृष्टि उन पर पड़ी नहीं। वे अकाल अधखिले ही भूमि पर लुढ़क गये और धूल में मिल गये।

भाग्य की गति बड़ी विचित्र होती है... अनोखी और निर्मम होती है। कब फूल को धूल में मिला दे निश्चित नहीं। किसी दुःखी का दुःख जानने के लिए यह आवश्यक है कि हम अपने को उस दुःखी के स्थान पर रखकर देखें।

आकाश ने बादलों का काला कम्बल ओढ़ लिया था। कहीं-कहीं छिद्रों से कुछ तारे जगमगाते दिखाई दे रहे थे। जलते-बुझते टिमटिमाते। इसी प्रकार मेरे मन पर विचारों का काला कम्बल पड़ गया था। विचारों का ताँता-सा लग गया था। मैं इसे रोकना चाहता था लेकिन ये अब मेरे बस में न था। यद्यपि दिल के ज़ख्मों को खोलकर दिखाने से इतना ही लाभ होगा कि मन कुछ हल्का हो जाएगा।

... .वह मेरे बचपन का मित्र था। सम्भवतः मेरा एकमात्र मित्र! मैं उसे मित्र

कह भी सकता हूँ कि नहीं। वह प्रारम्भ में मेरा सेवक था, अनुचर था। धीरे-धीरे वह मेरा अन्तरंग बनता चला गया। मित्र से भी कुछ अधिक। उसकी पहुँच मेरे मन के अंधकारमय कोनों तक थी। ऐसे अंधकारमय कोने जिनको मैं अपने भाई, पत्नी अथवा किसी अन्य, यहाँ तक कि स्वयं से भी छुपाए रखना चाहता था, किन्तु अब मैं छुपाना नहीं चाहता हूँ।

बात आज से पचास वर्ष पहले की है। मैं तब बारह-तेरह वर्ष का रहा होऊँगा। अपने को किशोर कह सकता था, परन्तु मैं दुबला-पतला, गोरा-चिट्टा किशोर था बल्कि यह कहूँ कि मैं बालक ही था तो अनुचित न होगा। मेरे दो भाई बड़े शहर में सरकारी नौकरी में थे। वह नियमित रूप से मनीऑर्डर द्वारा मेरे गाँव में पिताजी को पैसा भेजते थे। हमारी खेती-बाड़ी भी ठीक-ठाक थी अर्थात खाते-पीते घर के थे। प्राइमरी स्कूल जो मेरे गाँव में ही था, जहाँ से मैंने पाँचवी कक्षा की परीक्षा पास कर ली थी।अब मुझे मिडिल स्कूल में जाना था लेकिन समस्या यह थी कि वह स्कूल मेरे घर से लगभग आठ किलोमीटर दूर था और मेरा बस्ता भारी था। मैं दुबला-पतला पिद्दी सा, भारी भरकम बस्ते के साथ इतना दूर रोज स्कूल आ-जा नहीं सकता था। इसीलिए मेरे पिता ने हमारे हलिया- फकीरा के छोटे भाई दुलाराम के पुत्र हयात राम जिसको हम सभी ''हेतुवा'' के नाम से पुकारते थे... को बस्ता ढ़ोने का काम सौंपा गया। हेतुवा भी हमारे खेतों में अपने परिवार के साथ ही मजदूरी करता था। वह मुझसे चार साल बड़ा रहा होगा लेकिन उसका श्रम से सधा शरीर लम्बा-चौड़ा था।

मैं दूध, दही, घी आदि खाने के बाद भी दुबला-पतला पिद्दी-सा ही रह गया था। मैं अपने दुर्बल काया के साथ रोज इतना दूर स्कूल आ- जा तो सकता था किन्तु भारी बस्ता ढ़ोना मुझ पिद्दी के बस का न था। अतः बस्ता ठोने की जिम्मेदारी हेतुवा को दी गयी। वह प्रातः आठ बजे हमारे घर आ जाता। माँ मुझे स्कूल के लिए तैयार करती। मुझे दूध, गुड़ के साथ गेहूँ की रोटियाँ खिलाती जो मैं बड़े नखरे के साथ खाता था और कुछ बर्बाद करता था। हेतुवा देखता रहता था। उसे भी माँ रोज एक या दो मडुवे की मोटी रोटी दे देती थी, कभी थोड़े से साग के साथ या कभी गुड़ या नमक के साथ। वह किसी प्रकार इन मोटी रोटियों को उदरस्थ करता था। उसके बाद मेरी सवारी स्कूल की ओर ठाट से चलती। आगे-आगे मैं चलता, मेरे पीछे हेतुवा मेरा बस्ता लटकाकर चलता था। इस तरह तीन माह से अधिक का समय गुजर चुका था। धीरे-धीरे मेरे भीतर अहं भी घर करने लगा था कि मैं उसका स्वामी हूँ और वह मेरा दास है। लेकिन यह भाव

अधिक समय तक नहीं रहता था शायद उस उम्र में इतनी बातों की मुझ मैं समझ नहीं थी या मन- मस्तिष्क अभी इतना दूषित नहीं हुआ था। कभी मैं उससे स्वामी की तरह व्यवहार करता तो अगले ही पल एक दोस्त की तरह बातें करता। उसके साथ बाहर से व्यवहार चाहे जैसा भी मैं करता था लेकिन मेरे अन्दर वह एक अन्तरंग मित्र की भाँति घर करता चला गया। वह मेरे हर दुःख-सुख का साथी था, वह घर से स्कूल तक मेरे साथ आता, दिनभर इधर-उधर टहलता, छुट्टी होने की घण्टी बजने पर वह तुरन्त गेट पर उपस्थित हो जाता था और मेरा बस्ता ले लेता था। हालाँकि बस्ता इतना भारी नहीं था जितनी भारी मानसिकता बन गयी थी।

हेतुवा ने स्कूल के बाहर एक चाय की दुकान पर खाली समय में चाय के गिलास धोना प्रारंभ कर दिया था, बदले में उसे दिन में कुछ उबले चने या कभी-कभी आलू के गुटके और चाय मिल जाया करती थी। वह खुश था। उसने मुझे एक दिन कहा, ''यार! तुम मुझे अपने बस्ता ढोने के काम से मत हटाना, अब ठीक हो रहा है, सुबह तेरी ईजा एक दो रोटी दे देती है और दिन में चायवाला कुछ न कुछ खाने को दे ही देता है। घर में तो खाना भी ठीक से नसीब नहीं होता है।''

तब मैं बड़े गर्व से कहता, ''ठीक है, नहीं हटाऊँगा। यदि बाबू ने बस्ता मुझसे ले जाने को कहा तो मैं स्कूल न जाने की धमकी दे दूँगा। तू चिन्ता न कर दोस्त।''

वास्तव में उसके घर की स्थिति दयनीय थी। उसका पिता गाँव के खेतों में हल चलाता था, खाली समय में कुछ मजदूरी कर लेता था।उसकी माँ भी खेतों में हेतुवा के साथ मजदूरी करती थी, बदले में खाने के लिए मोटा अनाज व पहनने के लिए पुराने कपड़े मिल जाते थे। ये पुराने कपड़े उन्हें उतने ही प्रिय थे जैसे नये कपड़े।

रास्ते भर मैं कुछ भी खाता उसमें उसका हिस्सा जरूर होता था। मुझे जब भी घर में अच्छी मिठाई, टॉफी आदि मिलती, मैं उसमें से कुछ न कुछ हिस्सा छुपाकर हेतुवा के लिए अवश्य लेकर जाता। वह कितना प्रसन्न होता था। वह भी मेरे लिए रास्ते भर कभी हिसालू, किल्मोड़ा, काफल आदि तोड़ कर लाता और हम दोनों मिलजुल कर खाते। कभी हम खेतों से ककड़ी चुराकर खाते। तब तक कोई छुआछूत का भेद नहीं रहता था। घर आते ही छुआछूत के नियम -कानून

लागू हो जाते थे।

वह मुझसे तीन-चार वर्ष बड़ा था। अतः मैं उससे अपनी किशोरावस्था की तमाम जिज्ञासायें शान्त कराने के लिए बेझिझक प्रश्न करता था। मैंने उससे पूछा, "यार यह, बता, तुमने कभी लड़की को भुक्की (चुम्बन) दिया है?"

वह बड़े शान से कहता, "अरे! क्या बात करते हो "मेरे पर लड़कियाँ मरती हैं, मरती। मैं लंबा-चौड़ा जो ठहरा। सुन्दरराम की लड़की 'परुली' को मैंने एक दिन अपने छाती से दबोच रखा था कि उसकी माँ सरूली ने मुझे देख लिया। फिर क्या था बड़ा हंगामा मचा पर मैंने भी अपने बाबू से कह दिया, मैं पारुली से ही शादी करूँगा।"

"क्या तुम्हें किसी से डर नहीं लगता है?" मैंने प्रश्न किया।

"अब मुझे डर काहे का था? वह रोज हमारे घर आती है, हम इधर-उधर भी मिलते हैं। अब तो यह निश्चित हो गया कि वह और मैं जल्दी ही शादी कर लेंगे।"

मैंने पूछा, "परुली के बाप सुन्दरराम से भी डर नहीं लगता है तुम्हें?"

उसने सीना तानकर कहा, "अरे भुला! (छोटे भाई) वह परुली का बाप तो दारूबाज है और दुबला-पतला व ठिगना है। बिलकुल तुम्हारी तरह दुबला, भला वह मेरा क्या बिगाड़ लेगा?"

मैंने अपनी तुलना सुन्दरराम से करने पर आँख तरेर कर उसकी ओर देखा। वह तुरन्त समझ गया कि उसका अन्नदाता नाराज है। उसकी प्रतिक्रिया इतनी थी कि वह कुछ सकपकाया, लेकिन मेरे लिए इतना ही काफी था। उसके शारीरिक-बल के आगे मैं कुछ भी नहीं था।मैं शारीरिक रुप से उसका कुछ बिगाड़ नहीं सकता था।

इस तरह मैं अपनी किशोरावस्था की बहुत-सी जिज्ञासाओं और प्रश्नों का उत्तर उससे प्राप्त करता था। एक तरह से वह इन विषयों का मेरा गुरु ही बन गया। आज मैं समझ सकता हूँ कि उनमें से बहुत-सी बातें गलत भी होती थी लेकिन तब तो वह मेरे लिए बिलकुल सत्य होती थी।

इस तरह हम दोनों अन्तरंग मित्र बन चुके थे। अब मेरे मन के हर कक्ष में उसका प्रवेश था। मेरे मन की अच्छी से अच्छी और बुरी से बुरी बात उसको

मालूम थी। मैं अब उसके बिना अधिक अकेले रहना पसन्द नहीं करता था। मैं चाहता था कि जल्दी स्कूल खुले और वह मेरा बस्ता लेकर मेरे साथ चले ताकि मैं उससे ढेर सारी बातें, जो मैं किसी और से नहीं कह सकता था, उससे कहूँ। यह सिलसिला चलता ही गया। वह मेरे हृदय में और अधिक बसता चला गया। वह भी मेरी तरह मुझसे दोस्ती करता था, निभाता भी था।

हालाँकि वह मेरे मन के प्रत्येक कक्ष में प्रवेश कर सकता था लेकिन दूसरी ओर मेरे घर के कक्ष में तो दूर, देहली के अन्दर भी उसका प्रवेश वर्जित था। यह कैसी विडंबना थी, किन्तु उसने कभी भी इसका प्रत्यक्ष रूप से विरोध नहीं किया था। मन में हो सकता है उसको पीड़ा होती हो किन्तु उसने कभी भी इसको प्रकट नहीं किया था।

रातभर एकान्त में की गयी कल्पनाओं का मैं दूसरे दिन उससे उत्तर चाहता था। एक दिन मैंने उससे लगभग मिन्नत करते हुए कहा, ''यार हेतुवा! क्या मैं भी परुली का एक भुक्की ले सकता हूँ। बस एक बार।''

उसने आश्चर्य जताते हुए कहा, ''कैसी बात करते हो तुम! तुम पण्डित ठहरे, मैं और पारुली तो... ।'' कहते-कहते वह चुप हो गया।

मैं समझ गया था। मैंने कहा, ''इससे क्या होता है? कौन-सा मैं उससे शादी कर रहा हूँ। मैं तो एक चुम्मा लेना चाहता हूँ, बस। घर जाकर पानी छिड़क लूँगा। और क्या?''

कितनी सरलता से मैं कह गया था। उसने मेरे बारे में क्या सोचा होगा? हाँलाकि उसने कोई भी प्रतिक्रिया नहीं दी थी।

मेरी द्वारा मिन्नतें करने पर हेतुवा ने मुझे आश्वासन दिया कि वह सही समय पर परुली से चुम्मा दिला देगा। मैं तब यह जानना चाहता था कि चुम्मी लेने पर क्या होता है। उचित या अनुचित का अन्तर तब मैं नहीं जानता था।

इस तरह की तमाम अन्तरंग बातें हम दोनों के मध्य होती ही रहती थी। मेरी किशोरकाल की अन्तहीन जिज्ञासाओं और अन्तहीन कौतूहलों को शान्त करने का वह मेरा गुरु जो था।

इस तरह खुशनुमा चार माह बीत गए। एक दिन मैं नाश्ता कर स्कूल जाने के लिए तैयार बैठा था, किन्तु हेतुवा मेरे घर नहीं आया। मैं और मेरी माँ उसकी

बाट जोहते रहे।मैं बार-बार उसके आने की माँ उसके लिए भला-बुरा कहने लगी। वह नहीं आया। मेरा पूरा दिन कठिनाई से गुजरा। मैं उस दिन स्कूल नहीं जा पाया। मैंने उसके लिए अधिकारपूर्वक कई प्रश्न तैयार कर रखे थे, जिसका वह मुझे उत्तर देता और मेरी जिज्ञासाओं को शान्त करता।आज वह जब मेरा बस्ता लेने नहीं आया तो मैं बड़ा बेचैन था। आज उसका महत्व मेरे लिए और अधिक बढ़ गया था। दोपहर हो चुकी थी। अब तय हो गया था कि वह नहीं आयेगा। मैंने माँ से हठपूर्वक कहा, ''माँ! पता कराओ न! वह क्यों नहीं आया? क्या वह कल आएगा भी कि नहीं? मैं स्कूल कैसे जा पाऊँगा, माँ?''

माँ को भी चिन्ता सतायी होगी। पिताजी गाँव के बाहर थे।

माँ ने कहा, ''तो जा न! घर में बैठे क्या कर रहा है? उसका घर कुछ ही दूरी पर तो है, पता चल जाएगा वह क्यों नहीं आया।''

मैं तो माँ की अनुमति की प्रतीक्षा ही कर रहा था। शायद वहाँ परुली भी मिल जाए।मेरे कदम हवा से बातें करते। एक मील दूरी का रास्ता कब तय कर गया मुझे ज्ञान नहीं। मुझे पंख लग गए थे। यह उतावलापन हेतुवा से मिलने, उसका हाल जानने को था, या पारुली से मिलने की उत्कण्ठा थी। कारण जो भी हो, मैं उसके घर के बाहर खड़ा था।

तभी हेतुवा की माँ टूटे-फूटे मकान के बाहर आ आयी। मैंने शीघ्रता से पूछा, ''आज हेतुवा आया नहीं? मैं स्कूल भी नहीं जा सका।''

उसकी माँ का मुरझाया चेहरा मैं पढ़ सकता था। उसने बुझे स्वरों में उत्तर दिया,''अरे गोंसाईं! वह तो बुखार से तप रहा है, ऐसे में भी तुम्हारे घर जाना चाहता था पर बिस्तर से उठते ही चक्कर आने लगा और वह गिर पड़ा। अन्दर है, देख लो।''

मैं उसके घर में प्रवेश करने से पहले एक बार झिझका, नियमानुसार मेरा उसके घर के अन्दर प्रवेश करना सामान्य तौर से वर्जित था। यदि माताजी या पिताजी होते तो मैं उसके घर के अन्दर शायद ही जा पाता; परन्तु आज मैं अकेला था और मुझे हेतुवा से मिलने की तीव्र उत्कण्ठा भी थी। मैं झिझकते हुए उसके घर में प्रवेश कर गया। वह फटे-पुराने गंदे से गद्दे पर लेटा था। उसे गद्दा कहना भी ठीक न होगा। वह पुराने कपड़ों को जोड़-जोड़ कर बनाया गया एक दरी जैसे कुछ था। मुझे देखते ही उसने उठने का प्रयास किया किन्तु वह कराहा

और उठ नहीं पाया।

मैं उसकी दरी से कुछ दूरी बनाकर खड़ा हो गया ताकि वह मुझे छूने न पाए। मैं कुछ दूरी बनाकर बैठ गया। उसकी आँखें पथराई थीं जैसे उसके शरीर में जान ही न हो।वह मुझसे लगभग दुगुनी कद काठी का था किन्तु आज वह निढाल पड़ा था। मैंने धीमे से पूछा, "क्यों? क्या हो गया है?"

हेतुवा के स्वर बहुत मन्द थे। मुझे अपने को उसके शरीर के निकट ले जाना पड़ा ताकि मैं उसकी आवाज सुन सकूँ, परन्तु फिर भी मैं इतनी दूरी बनाए रखा कि मैं उससे छू न जाऊँ।

उसने कहा, स्कूल के बाहर जिस दुकान में मैं काम करता था वह दुकानदार मेरे लिए खाना लाया था। शायद उसके घर में कहीं शादी- ब्याह था। वह बड़ी-सी पोटली में मेरे लिए खाना लाया था। खाना स्वादिष्ट था। मैंने चाव से खूब खाया। जो बचा था उसे मैंने दुकान की छत पर रख दिया। शाम को जब मैं तुम्हारे साथ स्कूल से लौटा तो फिर वही बचा बासी खाना मैंने खाया। तभी से रात भर उल्टी-दस्त लगे हैं। रात में तेज बुखार भी आ गया, पाँव में सूजन आ गयी। चक्कर भी आ रहे हैं पहली बार ऐसा क्यों हो गया?"

उसने रुआँसे कण्ठ से पूरी कहानी बताई।

लगभग चार माह से वह लगातार मेरे स्कूल का साथी था। वह मेरे लिए मेरे साथ रोज स्कूल जाता था पर स्वयं पढ़ने नहीं, मुझे पढ़ाने के लिए वह मेरा ढोता था। मैं भी रुआँसा हो गया था। शायद मुझे यह भी चिन्ता हो रही होगी कि कल से मैं स्कूल कैसे जाऊँगा और शायद इसलिए भी कि वह मेरा एक अतरंग दोस्त बन चुका था। उसकी पीड़ा को मैं कहीं न कहीं भीतर से महसूस कर रहा था। अंततः वह मेरा अन्तरंग बातों का साक्षी जो था। मैं दुःखी था, वह मुझे पारुली से चुम्मा भी तो दिलाने वाला था। जो भी हो आज मुझे बड़ा कष्ट हुआ था। मेरे मुँह से बोल नहीं निकल रहे थे, मेरा कण्ठ रुद्ध हुआ जा रहा था। मैंने उसके सिर पर हाथ रख कर उसका बुखार जानना चाहा पर मेरे बढ़ते हाथ को उसने रोकना चाहा, किन्तु इस बार मैं रुका नहीं। मैंने अपने छोटे से हाथ उसके माथे पर रख दिए। उसे तेज बुखार था, उसका माथा तप रहा था, मेरी चिन्ता बढ़ने लगी, मैं उसका माथा सहलाने लगा। तभी उसकी माँ भीतर आ गयी उसके साथ पारुली भी थी। हेतुवा की माँ बेफिक्री से पिछले वाले कमरे में चली गयी। मैंने झटके से

अपना हाथ हेतुवा के माथे से हटाया मानो मैं कोई गलत काम कर रहा था। परुली हेतुवा के एकदम निकट जाकर बैठ गयी। मैंने पहली बार पारुली को देखा था। मैंने उसे गहरी नज़रों से देखा। वह हल्की-सी साँवली, चौदह-पंद्रह वर्ष की छरहरी सुन्दर-सी लड़की थी। किशोरावस्था के लक्षण उसमें मौजूद थे। उसने मुझे भी तिरछी नज़र से देखा और बहुत ही धीरे से मुस्कुरायी। मेरे शरीर में झुरझुरी-सी छा गयी। मैंने उसके चेहरे से नज़र हटाकर हेतुवा के चेहरे पर टिका दी, उसने एक बार पारुली को देखा फिर मेरी तरफ गर्दन मोड़ी, उसके मुरझाए मुख व सूखे होठों पर एक हल्की-सी मुस्कान की लकीर उभर आयी। मैं सकपका गया था। कहीं हेतुवा ने पारुली को चुम्मा वाली बात तो नहीं बता दी? दोनों की मुस्कान का अर्थ मैंने यही लगाया था। यह मेरा भ्रम भी हो सकता था।

पारुली ने हेतुवा के माथे पर हाथ रखा। इतना तेज बुखार था कि उसने तुरन्त अपना हाथ हटा लिया। उसने मुझे चिन्तित भाव से देखा और झटके से भीतर के कमरे में चली गयी और कुछ देर में ठण्डा पानी व कपड़ा लेकर आ गयी। उसने ठण्डे पानी की पट्टियाँ हेतुवा के माथे पर रखना शुरू कर दिया। हेतुवा की माँ अन्दर-बाहर अपने काम में व्यस्त थी, उसे अधिक चिन्ता नहीं दिखायी दे रही थी। पारुली उसके माथे पर ठण्डी पट्टी रखती जा रही थी। कुछ देर इसी तरह बैठने के बाद मैं घर जाने के लिए सोचने लगा। क्योंकि इतनी देर बैठे रहना माँ को अच्छा नहीं लगता। मैंने धीरे से कहा, ''ठीक है! तुम जल्दी ठीक हो जाओ, ठीक हो जाओगे तो हम दोनों स्कूल चलेंगे।'' उसने मुस्कुराने की कोशिश करते हुए 'हाँ' में सिर हिलाया। मैंने एक बार पुनः पारुली की ओर देखा। उसका सुन्दर चेहरा, बड़ी-बड़ी आँखें, लहरदार भौंहें मेरे भीतर एक अजीब-सा रोमाँच पैदा कर गयी। अनमने ढंग से मैं बाहर निकल गया। शायद मेरा मन पारुली के सामने से हटने को नहीं हो रहा था किन्तु घर पहुँचना आवश्यक था। उस उम्र में मुझमें जो भी अक्ल थी मैं उसी से काम ले रहा था।

मैं बाहर निकल कर कुछ दूर पहुँचा ही था कि पीछे से एक सुरीली आवाज आयी, ''गोंसाई जी!'' मैंने आवाज पहचान ली थी। वह सुरीली-सी आवाज पारुली की थी। मैं ठिठक गया। मैं पीछे मुड़ा। वह मेरे करीब आ चुकी थी। मेरा दिल धड़कने लगा था किन्तु वह सामान्य थी। उसने कहा, ''पण्डितजी! हेतुवा की तबीयत ज्यादा ही खराब है। उसकी माँ तो गँवार है, बाप उसका घर पर है नहीं, कहीं हेतुवा को कुछ हो गया तो?'' उसने अपनी छाती पर हाथ रखते हुए

कहा। उसका गला रुँध गया था। उसकी आँखें नम थीं। यह तो मैं जानता ही था कि वह हेतुवा से प्यार करती है। पर प्यार का गूढ़ अर्थ तब मेरी समझ के बाहर था। मैं उससे नज़रें न मिला सका। मैंने नज़रें नीचे रखते हुए कहा, ''हाँ, यह तो तुम ठीक कह रही हो, पर हम क्या कर सकते हैं?''

मैंने नासमझों की तरह उत्तर दिया। तब मैं वास्तव में नासमझ था।

उसने कहा, ''गोसाईं जी! तुम्हारी ईजा पेट मंत्ररना(मंत्र लगाना) जानती है और वैद्य भी हैं दवा देती हैं। उसका पेट अकड़ रहा है, बुखार भी बहुत तेज है। अपनी माँ से बोलना कि वे हेतुवा को देख ले और कुछ दवा भी दे दें, अगर जरूरत हो तो उसके पेट में मंत्र भी लगा दें।''

उसने बड़े करुण स्वर में अपनी बात कही। उसके स्वर विनती भरे थे। नज़रें उठाकर एक बार मैंने उसे देखा। मेरा हाव-भाव सांत्वना से भरा था। आखिर हेतुवा की मुझे भी आवश्यकता थी। मेरा स्कूल जाना काफी हद तक उसके ठीक होने पर निर्भर था। उससे भी ज्यादा मेरी जिज्ञासाओं को तृप्त करने का साथी था वह। प्यार- प्रेम आदि सभी विषयों के सम्बन्ध में मेरी किशोर उत्कण्ठाओं के भी समाधान उसके पास थे। अब मैं समझता हूँ कि निश्चय ही तरुणाई के समय में ही सही मायने में निःस्वार्थ दोस्ती का रूप दिखाई देता है, बाद में तो दोस्ती में भी कहीं न कहीं स्वार्थ सम्मिलित हो ही जाता है। जो भी हो, आज वह मेरा परम मित्र था। दूसरी ओर सुन्दर पारुली की विनती का भी मुझ पर असर था।

मैंने दृढ़ता से कहा,'' पारुली! तुम ठीक कह रही हो। मैं घर जाते ईजा से कहता हूं कि वह अभी तुरन्त हेतुवा के लिए जड़ी बूटी वाली दवा बना दे और उससे जोर दे कर कहूँगा कि वह हेतुवा के पेट में मंतर भी मारे।''

पारुली की बड़ी-बड़ी आँखें डबडबा गयी थीं। मुझे अपने पर गर्व हुआ। शायद मैं पारुली पर प्रभाव छोड़ना चाह रहा था।

मैं पारुली और हेतुवा के प्रेम के बारे में सोच रहा था। मैं यह भी सोचने लगा था कि क्या ऐसा ही होता होगा प्यार? तभी मेरा जिज्ञासु मन सोचता, क्या पारुली मुझे चुम्मा देगी? क्या हेतुवा ने उसे मेरी इच्छा के बारे में बता दिया होगा? लेकिन मुझ में हिम्मत नहीं थी कि मैं उससे कुछ पूछ सकूँ। पूछना तो छोड़ ही दो उसके करीब तक जाने की मुझ में तब हिम्मत नहीं थी। मैं तो उसके

मदमाते चेहरे, काले नेत्र और रोमिल तिरछी नज़रों को अधिक देर तक देख भी नहीं सकता था।

मैं घर की ओर मुड़ गया। वह मुझे तब तक देखती रही जब तक मैं पर्वत की ओट में छिप न गया। मैंने भी एक बार पीछे मुड़कर उसे देखा लेकिन वह मेरी आँखों से ओझल हो चुकी थी। बीच में निर्जीव काला पहाड़ जो आ गया था। मैं तेजी से घर की ओर बढ़ गया।

हाँफता हुआ मैं घर पहुँचा, धम्म से आँगन के दीवार पर नारंगी के पेड़ के छाँव तले बैठ गया। माँ भैंसों को घास डालने के बाद मेरे निकट आयी और उसने मुझे देखते ही पूछा, ''क्यों बेटा, क्यों इतनी देर लगा दी? हेतुवा क्यों नहीं आया?''

मैंने बुझे स्वरों में कहा, ''माँ! हेतुवा बहुत बीमार है। उसको बुखार आया है और उसके पेट में भी दर्द है। वह बिस्तर से उठ भी नहीं पा रहा है। उसका पेट अकड़ रहा है। ईजा उसे दवा की सख्त जरूरत है तू अभी चल और उसे दवा दे और उसके पेट में भी मंतर लगा दे।''

मैं लगभग बावला-सा होकर माँ का हाथ खींचते हुए बोला। मैं हल्का-सा रुआँसा भी हो गया था। मेरे मन में निश्चित ही हेतुवा के लिए प्रेम था। वह आज प्रकट भी हुआ था। इसमें कहीं पारुली का भी योगदान रहा होगा, शायद।

''अरे, पगला गया है क्या! थोड़ा बीमार होगा, कल तक ठीक हो जाएगा।''

मुझे अपनी प्यारी माँ पर पहली बार अन्दर से गुस्सा आया था। वैसे तो मैं रोज ही माँ से लड़ता ही रहता था। वह मेरे हर गुस्से को पचा जाती थी। आखिर मैं उसका सबसे छोटा लाडला और घर में आज एक अकेला बच्चा जो था। मेरा गुस्सा वास्तविक और वाजिब भी था। उसे मेरी चिन्ता का ठीक-ठाक भान हो गया था। वह बहुत ही अनुभवी थीं या इसलिए भी कि हेतुवा की उसे मेरे लिए नितान्त आवश्यकता थी। यदि वह कल नहीं आया तो मेरे स्कूल जाने का क्या होगा?

मैं घर पर रहा तो एक तो मेरे स्कूल का हर्जा होगा तो दूसरी ओर मैं उसको दिनभर तंग करता रहूँगा? जो भी हो वह हेतुवा को दवा देने के लिए तैयार हो गयी, परन्तु उसने पेट मंत्रणे से साफ मना कर दिया। कारण तो मुझे पता ही था। माँ ने तुरन्त सन्दूक खोला, जड़ी-बूटी से बनायी गयी दवाओं की पुड़िया बनाई

और हेतुवा के घर की ओर जाने के लिए तैयार हो गयी। जाते-जाते उसने कहा कि मैं भैंसों के बँधे स्थान पर धूप आ जाये तो उन्हें अपने चचेरे भाई की मदद से छाया में बाँध दूँ और उन्हें पानी भी पिलाता रहूँ। यदि सामान्य दिनों में माँ ने मुझे ये काम बताए होते तो मैं उसे इन कामों को बताने पर कई गालियाँ जो मैंने माँ को देने के लिए रटी थी दे दी होती जैसे -''त्यार भैंसें भ्योव घूरी ज्व'' अर्थात तेरी भैंसें पहाड़ी से गिर जाय। ''त्यर ख्वार में आग लग जौ'' अर्थात तेरे सिर में आग लग जाए,''तेरी ठौर खाली है जौ'' यानि तू मर जा, जैसी रटी रटायी गालियाँ देता। काम तो कतई न करता, किन्तु माँ फिर भी मुझसे कुछ ना कहती थी। शायद मैं उसका सबसे छोटा, घर पर अब अकेला बच्चा था। इसलिए वह मुझसे कुछ अधिक ही प्यार करती थी, जिसका एहसास तब मुझे नहीं होता था। लेकिन आज मैं उन गालियों और लड़ाईयों के लिए अपने को शर्मिंदा महसूस करता हूँ। भले ही वे गालियाँ सामान्य व प्यार भरी और बचपन की नासमझी की गालियाँ थी। बड़े होने पर मैंने कई बार माँ को ये बातें बताई थी तो माँ मेरी नादानियों पर हँसती और मुझे गले से लगा लेती थी। आज भी मैं इन बातों को याद कर भावविह्वल हो जाता हूँ।

उस दिन जब उसने मुझे काम बताए तो मैंने उसे कोई गाली नहीं दी और एक आज्ञाकारी पुत्र की भाँति उसकी सब बातों को ध्यान से सुना और सिर हिला कर उन्हें करने की सहमति भी दी। ईजा को भी आश्चर्य हो रहा होगा कि आज मैं उसकी बातों को इतना ध्यानपूर्वक कैसे सुन रहा हूँ और मान भी रहा हूँ।मुझे आखिरकार पारुली को दिए गए आश्वासन को भी पूरा करना था। उसने कितने करुण भाव से मुझे देख कर गिड़गिड़ाते हुए कहा था, ''हेतुवा के लिए दवा जरूरी है, आप अपनी माँ को किसी तरह मना कर हेतुवा के लिए दवा जरूर भिजवा देना।''

मैंने आज पारुली की बात का मान रख लिया था। माँ दवा लेकर जा चुकी थी। मुझे विश्वास था कि माँ हेतुवा को दवा दे देगी तो वह ठीक हो जाएगा। मैंने आज पहली बार ईजा द्वारा दिए गए सभी कामों को निष्ठा और समर्पण के भाव से करने का मन बना लिया था। माँ द्वारा बताए गए कामों में कोई कसर न रह जाए, यह मैंने ठान लिया था। भैंसों को पानी पिलाने का समय आने पर मैं जलधार से छोटी बाल्टी से बार-बार पानी लाकर भैंसों को पिलाता रहा था, तब तक पिलाता रहा जब तक कि स्वयं भैंसों ने पानी पीना बन्द नहीं कर दिया। मैं

दीवार पर बैठे-बैठे बार-बार भैंसों को देखता रहा कि उन पर धूप तो नहीं पड़ रही है और यदि धूप पड़ने लगे तो मैं जल्दी से अपने बड़े चचेरे भाई को बुलाकर उसकी सहायता से इन भैंसों को छाया में बँधवा दूँ। मैं बार-बार हेतुवा के घर से आने वाले रास्ते को भी ताकता रहता था कि माँ वापस आ रही होगी और मैं जान सकूँ कि उसने दवा दे दी कि नहीं? पेट मंतरा कि नहीं? और हेतुवा कल तक ठीक हो जाएगा कि नहीं? ताकि मैं स्कूल जा सकूँ। मेरे दिमाग में एक साथ बहुत सारी बातें चल रही थीं लेकिन मेरा ध्यान भैंसों की ओर बराबर था।

शाम होने को आयी, माँ अभी तक घर लौटी नहीं थी। मेरी बेचैनी बढ़ती जा रही थी। हेतुवा का मुरझाया चेहरा बार-बार मेरे सामने आ जाता, मेरे मन में कई भाव आते-जाते। कभी पारुली का सुन्दर मुस्कुराता चेहरा तो कभी दवा के लिए विनती करती पारुली।

हल्का अँधेरा छाने लगा था। अब मुझे माँ पर क्रोध आ रहा था कि कितनी देर क्यों लगा दी उसने। तभी मुझे माँ आती हुई दिखाई दी। मैं दौड़ता हुआ उसके पास पहुँच गया और उतावला होकर पूछा, ''हेतुवा अब कैसा है? वह ठीक हुआ कि नहीं? तूने उसे दवा दी कि नहीं? उसका पेट मंतरा कि नहीं?''

एक ही बार में मैंने कई प्रश्न माँ से कर डाले। माँ के चिंतित भाव को देखकर मैं कुछ सहमा। माँ ने मेरे सिर पर हाथ रखते हुए मुझे चलते-चलते अपने से चिपकाया और हम दोनों धीरे-धीरे आगे बढ़ने लगे। मैं आशंकित था। आँगन में पहुँच कर वह सुस्ताने के लिए दिवाल पर बैठ गयी और मुझे बगल में बैठा कर चिंतित स्वर में बोली, ''बेटा! उसकी हालत बहुत ही खराब है, मैंने उसे दवा दे दी है लेकिन वह दवा उसको पच नहीं पा रही है। वह बार-बार दवा को उल्टी कर दे रहा है। अगर दवा पच जाती तो शायद दवा असर करती और वह ठीक हो सकता था। इसीलिए मुझे देर लग गयी, मैंने तीन बार एक-एक घंटा रुक कर उसे दवा पिलायी, कुछ ठीक तो लगा तब मैं घर को आयी।''

मैंने उतावलापन दिखाते हुए पूछा, ''क्या हेतुवा कल मुझे स्कूल ले जाने आएगा?''

''अरे! पगला गये हो क्या! वह चार -छः दिन तक बिस्तर से उठ भी नहीं पाएगा, ठीक हो गया तो।''

''ठीक हो गया तो! क्या बोला तूने? तूने दवा तो उसे ठीक से दी है? उसका पेट मंतर कि नहीं?''

मैंने लगभग गुस्से में माँ से पूछा।

माँ मेरा भाव समझ गयी थी। उसने बुझे-बुझे शब्दों में उत्तर दिया, ''अरे बेटा! उसकी तबीयत बहुत खराब है, दवा उसको दे दी है, लेकिन बात यह है कि बासी विषाक्त खाना खाने से उसके पेट में जहर बन गया है। अब तो भगवान जाने क्या होगा।''

मैंने माँ को उलाहना देते हुए कहा, ''अरे ईजा! तो तेरी दवा देने का क्या फायदा? वह अछूत जो ठहरा इसलिए तूने उसके पेट में मंत्र भी नहीं लगाया होगा, अगर पेट में मंत्र लगा देती तो तेरा क्या जाता? बाद में घर आकर नहा लेती, और क्या।''

''अरे! तू तो निरा बुद्धू है। पेट मंत्रणे की जब जरूरत होती है तभी तो मंत्रर लगाए जाते हैं, यूँ ही मंत्रर लगाते हैं क्या?''

माँ ने प्यार से मेरे गाल पर एक चपत लगाई और उसने मुझे अपने सीने से चिपका लिया। धीरे से बोली, ''हेतुवा तुझे बहुत याद कर रहा था रे! तू उसे देखने गया, उसको बड़ी खुशी हुई। पारुली भी तेरी बड़ी प्रशंसा कर रही थी कि तूने ही मुझे यहाँ दवा के साथ भेजा।'' मैंने चहकते हुए पूछा, ''क्या पारुली वहीं थी?'' माँ ने मेरी ओर घूरते हुए कहा, ''वही तो सेवा में लगी थी, हेतुवा की माँ तो पगली-सी है उसे गाय-भैंसों से ही फुर्सत नहीं। मैं उसे कल तक की दवा देकर आयी हूँ।''

मुझे कुछ अपने पर गर्व हुआ, कुछ सांत्वना मिली, कुछ पारुली पर धाक जमाने का भान हुआ; परन्तु मैं चिंतित भी था। मैंने माँ से पूछा, ''माँ, मेरे स्कूल का क्या होगा? कब तक हेतुवा ठीक होगा?''

माँ ने मुझे झिड़क कर कहा, ''अब तू बड़ा हो गया है, कब तक हेतुवा तेरा बस्ता ढोएगा। अब अपना बस्ता खुद उठाना सीख।''

''अरे माँ! बस्ता तो मैं उठाता ही हूँ, परन्तु सात-आठ किलोमीटर दूर तक मैं बस्ता नहीं ले जा सकता हूँ। मैं स्कूल नहीं जाऊँगा जब तक कि हेतुवा ठीक नहीं हो जाता है।''

‘‘तेरा दिमाग तो ठीक है! यदि दस-पंद्रह दिन तक वह ठीक नहीं हुआ या उसे कुछ हो गया तो तू क्या स्कूल जाना छोड़ देगा?’’

मुझे माँ की कही यह बात कतई अच्छी नहीं लगी। मैं पैर पटकता हुआ घर के भीतर की ओर दौड़ा, यह कहते हुए, ‘‘हाँ, मैं स्कूल नहीं जाऊँगा, जो करना हो कर लेना।’’

मैं भागता हुआ छज्जे पर जा बैठा और जोर-जोर से रोने लगा।

बूढ़ी माँ का प्यारा लाल रो रहा हो तो उसको चैन कहाँ आता। एक समय था जब उसका भरा पूरा आठ बच्चों का किलकिलाता परिवार हुआ करता था जिसमें आज मैं उसके आँगन का अकेला बच्चा था। सब बहनों का विवाह हो चुका था। भाई शहरों में थे। आज इतने बड़े घर में मैं ही उसका अकेला मुँहबोला जो था। जब उसने देखा कि मैंने उसके द्वारा बताये सब काम मुस्तैदी से पूरे करके छोड़े हैं, तो उसको बड़ी खुशी हुई थी। उसे लगा मैं बड़ा व समझदार हो रहा हूँ। वह मेरे करीब आयी। उसने पुचकारते हुए कहा,

‘‘चिन्ता न करो, हेतुवा ठीक हो जाएगा। जरूरत पड़ी तो मैं उसके पेट में मंत्रर भी दूँगी। अब तो रोना बन्द कर। दवा तो मैं देकर आयी हूँ, परसों तू देख आना दवा भी ले जाना।’’

तुरन्त ही माँ का अभिभावक जागा। उसने पुनः कहा, ‘‘अरे! वह ठीक नहीं होगा तो क्या तू स्कूल जाना छोड़ देगा? तेरे लिए किसी दूसरे को बस्ता ढोने के लिए रखूँगी, लेकिन स्कूल तो तुझे जाना ही होगा।’’

मैं मुँह लटका कर रहा गया।

इस तरह से दूसरा दिन भी बीत गया। मेरा मन घर पर नहीं लग रहा था। पारुली से मिलने की इच्छा भी मेरे मन में बार-बार हो रही थी। परन्तु बिना माँ की अनुमति से हेतुवा के घर जा भी नहीं सकता था। माँ दो दिन की दवा बना कर उसे दे आयी थी। तीसरे दिन मैं आज फिर दवा की पुड़िया माँ से बनवाकर हेतुवा के घर पहुँचा। हेतुवा के घर में कोई भी न था। वह अन्दर उसी गंदे गद्दे पर वह सोया था जिसमें चार दिन पहले सोया था। मक्खियाँ भिनभिना रही थी। कोई साफ-सफाई नहीं थी। मुझे एक बारी तो घिन लगी; परन्तु हेतुवा के सूखते जा रहे शरीर व मलिन मुख को देखकर मेरे अन्दर सहानुभूति उत्पन्न हुई। मैंने उससे दूर से ही खड़े होकर पूछा, ‘‘अब कैसे हो? दवा से कुछ फरक पड़ा कि नहीं?’’

मैंने आज लायी दवा की पुड़िया उसके करीब सरका दी। वह धीरे से बोला, ''पण्डित! कुछ ठीक नहीं लग रहा है... ऊपर से पैरों में सूजन आ गयी है।''

मैंने बड़ी समझदारी दिखाते हुए कहा, ''दर्द तो पेट में था तो पैरों में सूजन क्यों आ गयी?'' ''पता नहीं क्या बात है।'' उसने मन्द स्वर में उत्तर दिया।

उसने अपनी नज़रें इधर-उधर दौड़ायी और तब बहुत धीरे शब्दों में बोला, ''किससे कहूँ यार! पेशाब उतर नहीं रही है और नीचे की ओर बहुत दर्द हो रहा है।'' उसने अपने पेट के निचले हिस्से पर हाथ रखते हुए पुनः कहा,

''बाबू घर पर है नहीं। ईजा या पारुली को मैं कैसे बता सकता हूँ?''

मैंने उसके मुखमंडल पर असीम पीड़ा का भाव देखा। वह मुझसे शायद कुछ और अधिक कहना चाहता था या मदद चाहता थाः परन्तु अब तक मैं कहाँ इतना समझदार था मैं तो स्वयं ही हेतुवा की समझदारी का कायल था। मैंने कहा, ''अपनी ईजा से बताकर इसके लिए भी कुछ दवा भिजवा दूँ।''

उसने कहा, ''नहीं यार! यह कहना अच्छा नहीं लगेगा।''

मैंने भी सहमति में सिर हिलाया। हम दोनों को यह बात बताने में शर्म आ रही थी। हेतुवा से ज्यादा होशियार थोड़े ही था मैं। अब मैं सोचता हूँ कि काश! तब मैंने यह बात ईजा को बताई होती तो वह जरूर कुछ न कुछ दवा इसके लिए देती। उसके पास जड़ी बूटियों की दवाओं का भण्डार हुआ करता था। लेकिन मेरी माँ की कही यह लाइनें मुझे अब याद आती हैं -''अक्ल और उम्र की भेंट नहीं होती है।''

मैंने धीरे से हेतुवा से पूछा, ''पारुली नहीं आयी क्या?''

उसके चेहरे पर हल्की-सी मुस्कान की लकीर खिंच गयी, ''मुझे देखने आए हो या पारुली को?'' उसने व्यंग्य किया।

''छोड़ यार! मैं तो तुझे देखने और दवा देने आया था, तो पूछ लिया कि पारुली आयी कि नहीं।''

कुछ अधिक मुस्कुराने का उसने प्रयास किया तभी उसके पेट में तीव्र दर्द हुआ और वह पेट पकड़कर अकड़ गया। मैं असहाय-सा दूर खड़ा उसे देखता रहा।

काश! मैं उसे छूता, उसे सहलाता; परन्तु अन्ध परम्पराओं का जाला मस्तिष्क पर पड़ा था। हृदय में सभी भाव होने के बाद भी वह कर्म रूप में परिवर्तित नहीं हो रहे थे। मैं खड़ा-खड़ा उसे छटपटाता देखता रहा, उसके दर्द को अनुभव करता रहा। अंततः मैंने कुछ साहस किया और वहाँ पड़े गिलास में माँ की दी दवा को घोला और उसका सिर उठाकर उसके मुँह में दवा डाल दी। उसने गहरी साँस के साथ दवा गटक ली। उसे कुछ अच्छा लगा ऐसा मैंने महसूस किया। उसने धीरे से कहा, ''पण्डित! मैं अभी मरना नहीं चाहता हूँ। मैं मर गया तो पारुली का क्या होगा? हम दोनों ने बहुत सारे सपने देखे हैं, वह सब अधूरे रह जायेंगे। मैं मर गया तो वह यही कहेगी कि हेतुवा मुझे धोखा देकर चला गया। पण्डित! कुछ करो, मुझे बचा लेना, पण्डित।'' उसकी आँखें डबडबा गयी थीं।

मैंने कहा, ''अरे हेतुवा! तुझे कुछ नहीं होगा, माँ भी यही कह रही थी। मैं तुझे बचाऊँगा। मैं बराबर दवा लाऊँगा। मैंने माँ को भी मना लिया है यदि जरूरत होगी तो वह तेरे पेट में मंत्रर भी लगा देगी।

मैं उससे बहुत कुछ बातें करना चाहता था। इन चार दिनों में मेरे अन्दर कई बातें, कई जिज्ञासायें भर गयी थीं, जिनका उत्तर मुझे सिर्फ मेरा दोस्त हेतुवा ही दे सकता था लेकिन वह तो अधिक बोलने की स्थिति में ही नहीं था। मैं उसे निहारता रहा। मैं पारुली के आने की प्रतीक्षा भी कर रहा था। शायद वह आ जाए लेकिन वह नहीं आयी। मैं ज्यादा देर रुक नहीं सकता था क्योंकि माँ की डाँट पड़ने की चिन्ता थी। फिर मैं अनमना होकर घर लौट आया। मैं रास्ते भर सोचते रहा कि हेतुवा तो पता नहीं कब ठीक होगा। वह तो बिस्तर से ही नहीं उठ पा रहा है। उल्टी भी कर रहा है न वह पेशाब ही कर पा रहा है। हमारे गाँव से बीस मील तक कोई दवाखाना भी नहीं था। बागेश्वर जिला मुख्यालय जो कि गाँव से बीस मील दूर था वहीं एक छोटा-सा दवाखाना हुआ करता था। मेरी माँ ही पूरे इलाके की वैद्य हुआ करती थी।

मैं घर पहुँचा तो पिताजी घर आ चुके थे और माँ और पिताजी दोनों आपस में बात कर रहे थे। मैं कुछ दूर खड़ा चुपचाप उनकी बातें सुनता रहा। पिताजी ने माँ से पूछा कि मैं कहाँ गया हूँ। माँ ने कहा, ''मैंने बताया न था कि हेतुवा की तबीयत खराब है उसी को दवा देने गया है।'' पिताजी ने पूछा, ''तुम उसे दवा तो

दे रही हो न। अब उसका क्या हाल है?'' माँ ने उत्तर दिया, ''दवा तो मैं दे आयी हूँ पर दवा उसे पच नहीं रही है। उसके पेट में जहर बन गया है और मुझे नहीं लगता वह बच पाएगा।'' मेरे कानों में माँ के - 'वह बच नहीं पायेगा' के शब्द तीर की भाँति चुभ गये। पिताजी ने कहा, ''क्या तुमने सभी दवाएँ आजमा ली हैं।'' हाँ हाँ, सभी दवायें उसको मैंने दे दी हैं पर बिषाक्त खाने से उसके शरीर में जहर फैल गया है मैं जो कर सकती थी मैंने किया।'' माँ के स्वर निराशा भरे थे। मैं खड़ा-खड़ा पता नहीं क्या क्या सोचता रहा। तब मैं बहुत ही नासमझ था। काश! मैंने पिताजी और माता जी को यह बता दिया होता कि हेतुवा का पेशाब बन्द हो गया है। शायद उसके लिए माँ दूसरी दवा दे देती। लेकिन मैंने यह बात हेतुवा के कहने के अनुसार ही माँ को नहीं बताई।

आज छठवाँ दिन था। माघ की बसंत पंचमी का दिन था। मैं पीले पारिधान में माथे पर टीका लगाए एक बाल व्यास की भाँति दिख रहा था। मैं दवा लेकर तेज कदमों से हेतुवा के घर शीघ्रता से पहुँच गया। पारुली हेतुवा की सेवा में लगी थी, उसको दवा खिला रही थी, उसके माथे को सहला रही थी। मुझे देख कर उसने बैठे-बैठे कहा, ''आओ पण्डितजी! आओ, दवा तो लाए हो ना। आज तो आप महापण्डित लग रहे हो।''

मैंने मुस्कान के साथ दवा की पुड़िया दूर से ही उसकी तरफ उछालते हुए पूछा, ''क्या दवा का कुछ असर हो रहा है? मुझे तो इसकी हालत ठीक नहीं लग रही है।''

पारुली ने मुरझाए मुख से उत्तर दिया, ''इतने दिन से एक कौर भी इसके मुंह में नहीं गया, जो थोड़ा-सा चावल आप दे गये थे उसका माण बना कर मुंह में बड़े आग्रह के बाद डाल पाई लेकिन इसके लम्बे-चौड़े शरीर में उतने से क्या होगा।''

तब मुझे याद आया कि दो दिन पहले पारुली ने कहा था, ''रोटी का टुकड़ा मींच कर इसके मुँह में डालती हूँ तब भी इसके मुँह में जा नहीं रहा है थोड़ा चबाता तो है पर निगल नहीं पा रहा है। अगर थोड़ा चावल होता तो उसका माण बनाकर उसमें नमक मिलाकर इसके मुंह में डाल देती तो इसके पेट में कुछ तो चला जाता।''

तब मैं घर से लगभग आधा सेर चावल चुराकर पारुली को दे गया था।

उसने फिर कहा, ''कभी तो ये ठीक लगता है फिर अचानक इसका दर्द बढ़ता है और लगता है कि दवाओं का कोई असर हो ही नहीं रहा है, पता नहीं क्या बात है। आप तो रोज इसके लिए दवा ला ही रहे हैं, इसको देखने आकर इसका हौंसला भी बढ़ा रहे हैं, इसके लिए हेतुवा आपका बहुत ही एहसान मान रहा था।''

मैं कुछ नहीं बोला फिर मैंने हेतुवा से पूछा,

''ओ हेतू! अब कैसा महसूस कर रहे हो? कुछ ठीक लग रहा था।''

उसने अपनी बड़ी-बड़ी आँखें खोली, मैं खुशी से मुस्कुराया। मेरी ओर भरपूर नज़रों से देखा, तनिक मुस्कुराया उसके होंठ कुछ हिले। शायद वह कुछ कहना चाह रहा होगा पर शब्द बाहर नहीं निकले। उसने गर्दन मेरी ओर से फेर ली।

''लेकिन यह कुछ बोल क्यों नहीं रहा है।'' मैंने पारुली से पूछा।

पारुली ने असमर्थता में सिर हिला दिया।

मैं काफी देर वहाँ बैठा रहा। सुन्दर साँवली पारुली को निहारता रहा। पारुली हेतुवा की सेवा में जुटी रही, बीच-बीच में वह मुझे देखकर मुस्कुरा देती थी। उसका मूक सौंदर्य शायद मेरा मनोविनोद करता होगा। उसे निहारना मुझे बड़ा अच्छा लगता था लेकिन वह हेतुवा के पास से बिलकुल नहीं हटी और उसकी सेवा करती रही। साँझ होने लगी थी, मुझे घर लौटना था।

पारुली अपने प्यार को बचाने का हर सम्भव प्रयास कर रही थी। उसी की प्रेरणा से मैं भी माँ को समझाकर हेतुवा के पास भेज सका था। हालाँकि उसमें माँ का स्वार्थ भी सम्मिलित था। मैं तब से लगभग रोज ही हेतुवा के लिए दवा बनावाकर नियमित रूप से उसके घर जा रहा था। शायद पारुली की बेहद सुन्दर मनमोहक छवि को देखने की कामना भी मेरे मन में रहती थी। साथ ही हेतुवा का स्वस्थ रहना भी मेरे लिए बेहद जरूरी था। पारुली मेरे व्यवहार से बेहद प्रभावित थी। उस जमाने में किसी ब्राह्मण का रोज-रोज दलित मित्र के घर आना- जाना स्वाभाविक रूप से उसके प्रति स्नेह को दर्शाता था। पारुली के प्रति आकर्षण के साथ ही कुछ सम्मान भी मेरे मन में उत्पन्न हो गया था। जो भी हो, पारुली और हेतुवा मेरे प्रति एहसानमन्द थे। मैं उनका निरंतर सहयोग जो कर रहा था। मेरे नासमझ होने पर भी पारुली मुझसे पूछती अब क्या किया जाए? अन्य बातों पर

भी कुछ वार्तालाप करती, हेतुवा भी हाँ या ना में सिर हिला कर उत्तर देता था। मुझे कभी-कभी यह अपराध-बोध सताता था कि कहीं हेतुवा ने चुम्मा देने वाली बात पारुली को बता तो नहीं दी होगी। फिर मैं अपने विचारों को बदलते हुए यह दुआ करता कि हेतुवा जल्दी ठीक हो जाए। साँझ ढलने लगी थी। मैंने कहा, ''अच्छा पारुली! अब मैं चलता हूँ, अँधेरा होने वाला है, माँ परेशान होगी और डाँटेगी भी।''

मैंने हेतुवा को देखकर ढाढ़स बँधाते हुए कहा, ''अच्छा दोस्त, मैं चलता हूँ, तू जल्दी ठीक हो जा तो हम स्कूल चलेंगे।''

जिसे जीने की अभिलाषा हो उसको ढाढ़स भी बड़ा सहारा दे जाता है। वह मुझे कातर निगाहों से देखता रहा, बस।

''सूरज डूब चुका है, अँधेरा होने को है, चलो मैं तुम्हें धार तक छोड़ देती हूँ जहाँ से आपका घर सामने ही दिखाई देता है। वहाँ से आप चले जाना।''

मैंने कुछ बोले बिना ही सहमति में सिर हिला दिया। हेतुवा ने मन्द मुस्कान के साथ मुझे विदाई दी, वह हम दोनों को कातर निगाहों से घर के बाहर जाता देखता रहा।

बिना वार्तालाप के मैं और पारुली घर की ओर बढ़ गए। गाँव के बाहर पर्वत की धार से पल्ली तरफ मेरा घर साफ दिखाई दे रहा था। पारुली ने विदा करते हुए कहा, ''अच्छा पण्डितजी! अब आप जाओ। यहाँ से आपका घर सामने ही दिख रहा है लेकिन कल दवा लेकर समय से आ जाना, मैं इंतजार करूँगी।'' मैंने मुड़कर उससे नज़र मिलाने की कोशिश की। इच्छा हो रही थी कि उसके मोहक शरीर को देखता ही रहूँ या मेरा बस चलता तो उसके पास ही रहता। वह मेरे करीब आकर बोली, ''मैं और हेतुवा आपका एहसान कभी नहीं भूलेंगे।आपने हमारी बहुत सहायता की है। आप अपने दोस्त को बहुत चाहते हैं और उससे कुछ नहीं छुपाते हो मुझे सब पता है। मैं भी हेतुवा से बहुत प्यार करती हूँ, जैसे आप उससे कुछ नहीं छुपाते हो मुझसे भी वह कुछ नहीं छुपाता है। पण्डितजी आप हम दोनों के बहुत अच्छे दोस्त हो।''

मैंने कहा, ''पारुली! तुम भी बहुत अच्छी हो।मैं इतने दिन से देख रहा हूँ तुमने मेरे मित्र की बहुत ही सेवा-सुश्रूषा की है।''

मैं इतना ही कह सका, तब मेरे पास इससे अधिक कहने को न तो शब्द थे

न अक्ल।

उसने आश्चर्य व कृतज्ञता भरी नज़रों से मुझे देखा और उसने अपने दोनों लम्बे हाथ मेरे दोनों कन्धों पर रख दिए। धीरे से मुझे अपनी ओर खींच कर अपने कोमल होंठ मेरे गोरे गालों पर रख दिये। उसकी आँसुओं से भरी आँखें मेरे गालों को गीला कर गयीं। मेरी आँखें खुली की खुली रह गयीं। मैं हक्का-बक्का रह गया। मैं रोमाँचित भी हो उठा।

अर्थात हेतुवा ने मेरी चुम्मा वाली बात पारुली को बता दी थी और आज पारुली ने मेरे एहसानों के बदले अपने प्यार के खातिर अपने नासमझ दोस्त को यह उपहार दिया था। इस उपहार में कहीं भी वासना का लेश भी नहीं था। यह पारुली का अपने नन्हें दोस्त को दिया गया स्नेहिल चुम्बन भर था। मैं अभी अपना गाल सहला ही रहा था कि

चटाक का एक शब्द मेरे कानों में गूँज गया। मैं जैसे स्वपन से जागा। माँ सामने खड़ी थी और वह पारुली पर थप्पड़ बरसा रही थी। पारुली को मार खाता देखकर मैं माँ पर चिपट गया और उसे हटाने का प्रयास करने लगा। मेरा उग्र रूप देखकर माँ ने पारुली को मारना तो छोड़ दिया; परन्तु अब वह पारुली पर बरस पड़ी,

‘‘अरे अछूत कन्या! तुझे मेरे अबोध पुत्र पर डोरे डालते हुए लाज नहीं आयी। मान-मर्यादाओं का तो तुम नीच लोगों को कदर है नहीं, अभी तू जवान भी नहीं हुई, जवानी में तू क्या गुल खिलाएगी। हेतुवा बीमार पड़ा है तो तू उसे छोड़कर मेरे लड़के के पीछे पड़ गयी। तू बेहया, कुलटा। तेरी बुरी छाया इस नालायक पर पड़ ही गयी है। इसका तो पता नहीं मैं क्या हाल करूँगी।’’

यह कहते हुए माँ उसे फिर से हाथ-पाँवों से मारने लगी। पारुली अचानक घटी घटना से उबर ही नहीं पायी। वह एकदम सूख-सी गयी। वह नव-कुसुमित पददलित होकर लड़खड़ाई, सँभालने का प्रयास करने पर भी धम से धरती पर गिर पड़ी।

एक सुखद मिलन का दुःखद अंत हो गया। पारुली की आँखें छलछला उठीं। निष्ठुर नियति। उसकी पवित्रता को माँ के कठोर लांछनों ने पंकिल कर दिया था। मेरी ओर देख माँ फिर दहाड़ी, ‘‘अगर कोई देख लेता तो पूरे ब्राह्मण समाज में हमारी कितनी बदनामी होती। इस निर्लज को तो कोई फर्क नहीं पड़ता;

तुझ मूर्ख लड़के को भी कुछ ज्ञान नहीं रहा क्या? तू भी -''जामन बटी कामन् है गेछै।''

अर्थात तू जन्म से ही वासना का शिकार हो गया है। माँ बोलती जा रही थी। हम दोनों जड़ थे। वासनाहीन, स्नेह की विराटता पर माँ ने अपने व्रज से कठोर व्यंग बाणों से अनेक प्रहार कर डाले। अबोध, निश्छल स्नेह बंधन की विराटता पर लघुता थोपते हुए माँ ने उसका गम्भीर तिरस्कार कर डाला। कैसा निष्ठुर समाज। उच्च समाज कहे जाने वाले जिस समाज का इस वर्ग के बिना काम चलना कठिन है उसके प्रति इतनी लघु धारणा।

माँ के कठोर वचन सुनकर पारुली इस कदर आतंकित हो गयी थी मानो कोई उसने बहुत बड़ी चोरी कर ली हो, कोई महापाप कर दिया हो। पारुली का मुंह पीला पड़ गया था, वह थरथर काँप रही थी। उसके मर्म पर वज्र प्रहार हो रहे थे। वह कुछ कहना चाह रही थी पर मेरी माँ के सामने उसका मुँह न खुल सका। माँ का दवायें देने का कुछ एहसान भी रहा होगा?

मैंने माँ को समझाने का प्रयास किया लेकिन उसने मुझे झिड़कते हुए जोरदार झटका दिया और मैं जमीन पर जा लुढ़का। यह क्या हो गया था- पल में।

तब मुझे गुरु जी द्वारा कही एक बात याद आयी थी - जीवन में सत्य का साथ दो, भले वह कष्टदायी ही क्यों न हो, विजय सत्य की होती है। क्योंकि भले -बुरे, पाप- पुण्य, सच- झूठ सब का साक्षी ईश्वर होता है लेकिन क्या वह साक्षी ईश्वर आज बेगुनाह पारुली के निश्छल व पवित्र होने का साक्षी बन कर कहीं से दौड़ा आएगा? कभी-कभी दूत बनकर कोई आ भी जाता है लेकिन हर बार आ ही जाए निश्चित नहीं। और आज वह नहीं आया। मैं और पारुली लांछित व दोषी घोषित हो चुके थे। उसे अछूत व नीच कहकर अपमानित होना पड़ा था। इतना तक तो ठीक था क्योंकि ये शब्द तो वह रोज सुनती आयी थी लेकिन आज तो उसे कुलटा, चरित्रहीन, कुलक्षणा आदि कहते हुए उसके चरित्र का भी हनन किया गया।

आज मुझे और पारुली को संकटों ने घेर लिया था। पारुली एक सेवाशील प्रेयसी थी, कोई लम्पट नारी नहीं थी।मैं उसका दिल से सम्मान करने लगा था। स्नेहशील, निःस्वार्थ सज्जनों के हिस्से ही अधिक संकट क्यों आते हैं? वैसे तो संकट किसी को छोड़ते नहीं है; परन्तु प्रायः सज्जनों के हिस्से में ही अधिक आते

हैं। इस पूरे दृश्य में अकेले क्या पारुली का दोष था? मैं, हेतुवा का मित्र, मैंने ही पारुली, जो मेरे दोस्त का प्यार था, से चुम्बन माँगने की कुत्सित इच्छा प्रकट की थी। यह मेरा दोष था। भले ही तब मैं अपरिपक्व ही था। दूसरी ओर पारुली ने अपने प्यारे नन्हे दोस्त को जो निश्छल, स्नेहिल चुम्बन दिया था क्या वह उसका गुण नहीं था? मैं स्वयं को अपराधी मानने लगा था। यह सब मेरे कारण हुआ था।

मेरे मन में पारुली के प्रति असीम करुणा की टीस उमड़ गयी थी। मेरी आँखें भी भर आयी थीं। मैं उसके कोमल मधुर रूप को देखना चाहता था किन्तु आज उसकी पलकें आँसुओं से भरी थी। मैं उदास मन का हो गया था, जीवन में क्या सुख-दुःख की आँख-मिचोली इसी प्रकार चलती रहती है?

वह निश्छल, विशुद्ध प्रकृति पुत्री सरल व सुबोध थी। उसका मन किसी छल-प्रपंच से दूर था किन्तु उस स्वच्छ, निर्मल व सरल की पारुली का पक्ष लेने की न मेरी क्षमता थी न साहस।

उलाहना व लांछनों से आहत पारुली ने अपना चेहरा दोनों हाथों से ढक लिया और पीछे मुड़कर हेतुवा के घर की ओर तेजी से चल पड़ी। उसकी मन्द सिसकियाँ भी मेरे कानों में गम्भीर नाद की तरह गूँज रहे थे।

मुझे माँ लगभग घसीटते हुए घर लायी और पिता के सामने आँगन में पटक दिया। पिताजी जो आराम से छज्जे पर बैठे हुक्का गुड़गुड़ा रहे थे, उसे दीवार के कोने के सहारे खड़ा करके आँगन की ओर आये और माँ से पूछा, ''अरे क्या हो गया? क्यों कैलाश को खींचते हुए ला रही हो।''

''अरे, कैलाश के बापू! मुझसे न पूछो क्या हुआ, इसी नालायक से पूछो।''

पिताजी ने अपने मजबूत हाथों से मेरे दुबले बाहों को कसकर पकड़ा और हवा में उठाते हुए पूछा, ''बता, क्या हुआ कैलाश?''

मैं क्या कुछ बताने की स्थिति में था? नहीं। मैं स्वयं पर लज्जित था और खिसियाया हुआ था। मैं संपूर्ण दोष स्वयं का मान चुका था और दोष था भी। यदि मैंने नासमझी में हेतुवा से चुम्बन की मूर्खतापूर्ण माँग नहीं की होती तो यह दिन न देखना पड़ता, लेकिन किशोरावस्था के जिज्ञासाओं का क्या? फिर माँ की कही वही बात याद आती है- अक्ल व उम्र की भेंट कहाँ होती है। मैं सिर झुकाए चुप

रहा।

पिताजी ने फिर माँ की ओर प्रश्नवाचक दृष्टि से देखा। मुझे चुप देख माँ उबल पड़ी, ''मैं तो इसे उस बीमार हेतुवा के लिए दवा देने भेजती थी। मुझे क्या पता था यह वहाँ रोज उस कुलटा, बेशर्म पारुली के साथ गुलछर्रे उड़ाने जाता है। अभी तो मैं इसे बच्चा ही मानती थी। अभी तो इसको बस्ता उठाने में नानी याद आती है लेकिन पारुली से चिपटकर चुम्मा-चाटी करने में इसको तनिक भी शर्म नहीं आती। वह पारुली तो नीच जाति की ठहरी, उसे लाज शर्म तो है नहीं। पहले ही हेतुवा से प्रेम का नाटक करती थी, अब वह बीमार पड़ा है तो वह इस नालायक पर चिपट गयी। इसने तो हमारी नाक ही कटवा दी है। वो तो कहो किसी ने देखा नहीं! इसका स्कूल जाना बन्द, और हेतुवा के यहाँ जाना बन्द, इसको अन्दर कमरे में बन्द कर दो।''

मेरी दृढ़ माँ के कठोर शब्दों का पालन करने के सिवाय पिताजी के पास कोई चारा न था। उन्होंने वही किया जो मेरी दृढ़-निश्चयी माँ का आदेश था।

मुझे कमरे में ले जाकर बन्द कर दिया गया।

उधर पारुली दिन रात हेतुवा की सेवा में लगी थी। दो दिन से हेतुवा को दवा नहीं मिली थी। माँ ने दवा भेजना बंद कर दिया था। पारुली की सेवा देखकर हेतुवा की माँ मुग्ध थी दूसरी तरफ वह हेतुवा की बिगड़ती स्थिति देखकर विह्वल होती जा रही थी। उसका निस्तेज मुख देखकर उसकी माँ गम्भीर चिंता में डूब गयी थी।

हेतुवा की कराह से दोनों का ध्यान टूटा। शायद उसे होश आ रहा था उसकी कराह की आवाज सुनकर पारुली की आँखों में आनंद के आंसू तैर गये। वह आनंदित होकर हेतुवा के सिराहने जा बैठी और बोली,

''अब कैसा लग रहा है? तुम मुझे पहचान तो रहे हो न।'' कराहते हुए अध्खुली आँखों से देखकर वह बुदबुदाया, '' पण्डित कहाँ है?''

''अरे! इतनी रात को यहाँ कहाँ हो सकते हैं।'' पारुली ने उसके सिर को सहलाते हुए उत्तर दिया था।

रात बीती, दूसरे दिन उसने फिर पारुली से पूछा, ''पण्डित आज भी नहीं आया?''

पारूली क्या कहती। हम दोनों के साथ जो हुआ था वह हेतुवा को ऐसी स्थिति में बता भी नहीं सकती थी। उसने उत्तर दिया, '' शायद स्कूल गये हों, अब इतने दिन से तुम ठीक नहीं हो रहे हो तो क्या वह स्कूल नहीं जायेंगे? इसीलिए नहीं आये होंगे।''

लेकिन यह सच नहीं था।

वह कभी ''पण्डित-पण्डित'' बड़बड़ाता रहा था तो कभी ''परू-परू''। उसके जीवन में सबसे करीब यही दो मित्र तो थे।आज मैं सोचता हूं मैं अभागा उसको अपना मित्र कैसे कहूँ; मैंने उसका साथ अंत समय में छोड़ दिया था। काश! मैंने माँ को समझाया होता, उसे दवाऐं भेजते रहने के लिए जिद करके मनाया होता किंतु माँ के हठ,अहं, जात्याभिमान और संकीर्णता के आगे मैं लाचार था।

उसका सिर एक तरफ लुढ़क गया था, उसके स्वर अस्पष्ट थे।

आज आठ दिन हो चुके थे हेतुवा का न बुखार कम हो रहा था न उसके पाँव की सूजन। अब तो वह न कुछ खा रहा था न बोल ही पा रहा था।

फूल व मनुष्य के जीवन में कितनी समानता है। लताओ में कई फूल खिलते हैं, फूलों की गति अलग-अलग होती है किन्तु अन्नतः सारे फूल धूल में ही मिल जाते हैं, मनुष्य की भाँति।

इतना सब होने के बाद आज फिर मैं हेतुवा के घर के द्वार पर चुपके से खड़ा था। मैं दोनों को देख रहा था और उनकी अल्प वार्तालाप को भी सुन रहा था। उनकी क्यों। सिर्फ पारुली ही बोल रही थी, ''मैं अब समझ गयी रे! तू मुझे अकेला छोड़कर जाना चाहता है न। पण्डित ने भी साथ छोड़ दिया है; परन्तु पण्डित भी क्या करे? उसकी निर्दय माँ ने दवा देना भी बंद कर दिया। अरे! उन्हें मुझ से नाराजगी थी तो वे मुझे मार डालती, लेकिन इसमें तेरा क्या कसूर था रे हेतुवा!''

टूटे हुए बर्तन से रिसते पानी की तरह मेरे नेत्रों से अश्रु निकल रहे थे। मैं द्रवित था। अब कमरे में मृत्यु से भी भयंकर मौन व्याप्त हो गया था। मेरी हल्की सिसकी की आवाज से पारूली का ध्यान दरवाजे की ओर हुआ। उसने एक क्षण मेरी ओर देखा बिना कुछ बोले वह फफक पड़ी और झुककर उसने अपना मुख हेतुवा के शरीर में छुपा लिया। तब तक हेतुवा की माँ देवकी ने भी मुझे देखा। वह

उठ खड़ी हुई और मेरे करीब आकर उत्सुकता से बोली, ''पण्डितज्यू! आप दवा लाये हैं न?''

मैंने कोई उत्तर नहीं दिया। मेरा उतरा, सूजा हुआ चेहरा और मौन देख वह चुपचाप मंद कदमों से बेहोश पड़े हेतुवा के करीब जा सिर पकड़ कर बैठ गयी। उसकी आशा की अंतिम किरण भी अंधकार में विलीन हो गयी थी। वह क्या जाने कि इस बीच क्या से क्या हो चुका था। वह तो पारुली और मेरे सिवा कौन जानता था।

लेकिन मेरे साथ जो बीती वह मैं ही जानता था। मैं तो तब से कमरे में बंद था। आज तो माँ किसी बीमार को देखने दूसरे गाँव गई थी और पिता जी सो रहे थे तो मैं छज्जे से कूदकर हेतुवा को देखने भाग आया था। हेतुवा के शरीर में अब कोई हलचल नहीं थी। पारूली ने अपना चेहरा ऊपर उठाया। मैं उसके आँसुओं से भरे दो नयनों को देखता ही रहा।

हम दोनों के आँसू ही आपस में बात कर रहे थे। यह हेतुवा जो अब तक का हमारे दुःख-सुख का साथी था वह भी आज इस पीड़ा को देखने-समझने के लायक नहीं बचा था।

पारूली ने हेतुवा के चेहरे को मेरी ओर किया, उसकी अंतिम सांसें चल रही थी। पारूली ने उसके गालों को थपथपाते हुए कहा, ''देख हेतुवा! देख पण्डितज्यू आये हैं।'' उसकी पलकें एक बार कुछ ऊपर को उठीं...एक क्षीण मुस्कान की लकीर खिंची बस।

पारूली ने रोते-रोते कहा, ''हेतुवा! आँखें खोल, रात भर और अभी कुछ देर पहले तक तो पण्डित पण्डित रट रहा था, वह आ गये है तो आँखें भी नहीं खोल रहा है।''

प्रीति की पीड़ा असहनीय होती है। हेतुवा इस असहनीय पीड़ा को पारूली की झोली में सदा के लिए डालकर जाने की तैयारी कर रहा था।

उसका कण्ठ हिला था। वह भीतर ही भीतर कुछ कहना चाह रहा था। शब्द उसका साथ छोड़ रहे थे। मैं उसके कण्ठ को हिलते देख रहा था। शायद वह पारूली के बारे में वह कुछ कहना चाह रहा हो। उसका मेरे और पारूली के सिवा तीसरा कौन था। मैं समझ चुका था कि अब वह बचेगा नहीं। मुझे माँ के शब्द याद आ रहे थे, ''उसे दवा पच नहीं रही है, उसका बचना मुश्किल है।''

मैंने यह बात न ही हेतुवा को बतायी थी नहीं पारूली को ही। पारूली को कैसे बताता। वह जो जी जान से उसकी की सेवा में लगी थी उसकी आशाओं पर पहले ही कैसे कुठाराघात करता। मैं नादान अपने मित्र के लिए कुछ नहीं कर पा रहा था। दवा जब तक ला सका लाता रहा, उन्हें ढाँढस बँधाने आता रहा। उसमें भी मेरा पारूली से मिलने का स्वार्थ भी सम्मिलित रहता था और उस भोली भाली पारुली के मूक सौंदर्य से मेरा मनोविनोद हो जाता था।

हेतुवा का पूरा शरीर अकड़ रहा था। पारूली उसके मुँह को हिला -हिला उससे आँखें खोलने और मुझे देखने के लिए कह रही थी। काश! मैं भी अपने अभिशापित जाति के मित्र से लिपटकर रो पाता। जिसने मेरे लिए कई कष्ट उठाये थे। नंगे पांवों में चुभते काँटो का दर्द आसानी से सहा था।आधा पेट भर कर भी मेरा भारी बस्ता ढोता था। उसने मेरे सहपाठियों से कई बार अपमान के शब्दों का दंश सहा था। उसने कभी क्रोध नहीं किया था जबकि वह शरीर सौष्ठव में सबसे अधिक मजबूत था। उसके पास क्या था... ईश्वर प्रदत्त एक मजबूत शरीर के अतिरिक्त। वह भी आज उसका साथ छोड़ रहा था। शेष उसके पास प्रचुर मात्रा में थी तो वह था- निर्धनता, दरिद्रता, सहनशीलता और अभिशापित जाति में जन्म लेने का दंश। उसने एक बार अपने पांडित्य का दर्शन कराते हुए मुझसे कहा था, ''पण्डित! मुझे अछूत जाति में जन्म लेने का दर्द नहीं है, दर्द है तो इस बात का कि बस हमारे पास धन क्यों नहीं है; यदि मेरे पिता के पास धन होता तो मैं भी तुम्हारे साथ पढ़ने स्कूल जा पाता; मैं तो अपना और तुम्हारा दोनों का बस्ता खुशी-खुशी ढो लेता।''

मैं उसकी पीड़ा की बातों को तब गहराई से नहीं समझ सकता था। आज उसकी बातें कितनी प्रासंगिक लग रही थीं। आज जाति का महत्व भले ही समाज में कुछ कम हो चुका हो लेकिन आर्थिक विपन्नता जाति के दंश को कम नहीं होने दे रही है। इस भौतिक संसार में धन की उपयोगिता किसी काल में न तो कम रही है न कम होगी।

उसका शरीर ठण्डा पड़ता जा रहा था। उसने अपनी गर्दन हलके से हिलायी। उसकी जीवनशक्ति क्षीण होती जा रही थी। पारूली ने एक बार दारुण दृष्टि से मुझे देखा। वह भी हेतुवा की स्थिति को भाँप चुकी थी। उसने अपना बिलखता चेहरा हेतुवा के वक्ष में छुपा लिया। मुझे लगा कि उसने शरीर में बेहद दर्द हो रहा था। उसका पीड़ा से भरा ऐसा मुखमंडल मैंने कभी नहीं देखा था।

उसका मुख तो पारूली के करीब होने से ही पुलकित होकर खिल उठता था।

बाहर साँझ का धुँधलकर छांने लगा था। कोहरा धीरे-धीरे ऊँचे पर्वतों को ढाँकता जा रहा था, एक डरावना-सा चित्र बन रहा था। चिड़ियों की चहचहाहट बंद हो चुकी थी। अलसाये गाँवमें दूर कहीं मँगलूराम की लम्बी बंसी कोसों लम्बी उदास भरी राग छोड़ रही थी जो पहाड़ों से प्रतिध्वनित हो कर इस के कक्ष में सुनाई दे रही थी। हेतुवा का प्यारा कुत्ता ''गोली'' उसके आँगन में कातर हूक लगा रहा था। हेतुवा की माँ और पारूली का संयुक्त क्रंदन, मोती के हूक के साथ सम्मिलित होकर मार्मिक स्वर उत्पन्न कर रहा था। तब मुझ नासमझ के पास सांत्वना देने के शब्दों की भी कमी थी। मैंने बाहर झाँका हेतुवा की माँ के आंगन में साँझ का अँधेरा उतर आया था।धीरे-धीरे चारों ओर अंधकार बढ़ता जा रहा था। मुझे अकेले घर भी जाना था, अब तो पारूली का भी साथ न था। आँसूओं से भरे पारूली और हेतुवा के बेजान मुख को मैंने अंतिम बार ध्यान से देखा और अनायास ही मेरे मुख से जोर से एक शब्द निकला, ''हेतुवा''।

मैं रोता बिलखता तेजी से दौड़ता हुआ घर की ओर भाग आया। आज मुझे न तो अंधकार से डर लगा न ही जंगली जानवरों से। पता नहीं कब रोता हुआ घर पहुंच गया। माँ घर नहीं लौटी थी। पिताजी डंडा लेकर बाहर मेरी प्रतीक्षा कर रहे थे; परंतु मैं आज उनसे भी नहीं डरा। सिसकता, दौड़ता हुआ उनसे जा चपटा और मेरे मुंह से रोते-रोते जोर से निकला ''हेतुवा!''

अनुभवी पिताजी समझ चुके होंगे। उन्होंने डण्डा फेंक दिया और मेरा सिर स्नेह से सहलाने लगे। रात को जब मैं सो चुका होऊँगा तब माँ घर पहुँची होगी, उन्होंने माँ से इस विषय में शिकायत ज़रूरी की होगी।

दूसरे प्रातः जब मेरी नींद खुली तो मैंने माँ और पिताजी को झगड़ते सुना। मैं बिस्तर में ही पड़े - पड़े सोने का बहाना कर उनकी बातें सुनता रहा। माँ कह रही थी,'' मैं इसे कदापि गाँव में नहीं रखूंगी; मैंने तो प्राइमरी के बाद ही इसे लखनऊ इसके भैया के पास भेजने की ठान रखी थी, परंतु तुम्हें तो बुढ़ापे का सहारा चाहिए था न, मुँह बोलने वाला बच्चा घर पर चाहिए था। अब देखो इसके लक्षण; कल मैं घर पर नहीं थी तो छज्जे से छलाँग लगाकर भागते हुए पहुँच गये उस हेतुवा के घर। वह अछूत, कुलटा भी रही होगी वहाँ। हेतुवा को तो खा गई, वह मर गया, अब तो और स्वच्छंद हो जायेगी, इस कैल्सवा को भी पूरी तरह बिगाड़ के रख देगी।''

पिताजी ने बीच में टोकते हुए कहा, ''अरे! पारूली का हेतुवा के मरने में क्या दोष है, वह तो बासी खाना खाने के कारण मरा।'' हेतुवा मरने वाला है यह मैं कल ही समझ चुका था, आज वह मेरे अनमोल क्षणों का साथी इस निष्ठुर संसार से जा चुका था।

माँ गुस्से में बिफर पड़ी,'' तुम चाहते हो कि कैलाश तुम्हारी तरह गाँव में रहकर खेती-बाड़ी करें, गाय -भैंस चराए।''

''तो इसमें बुरा क्या है? क्या लोग गाँव में नहीं रहते हैं।'' पिताजी ने कठिनाई से उत्तर दिया।

''अच्छा बुरा क्या है, यह मैं सब समझती हूँ यदि मेरे लड़के शहर से कुछ पैसा न भेज रहे होते और मैं गाँव- गाँव जाकर वैद्यगीरी न कर रही होती तो तुम भीख माँग रहे होते। तुम्हारे दोनों बड़े लड़कों को ठीक समय पर मैंने अपनी बहन से हाथ- पाँव जोड़कर उनके पास शहर न भेज दिया होता तो वह भी यही तुम्हारी तरह...।'' कहते माँ चुप हो गई एकाएक वह उठी और अंदर कमरे में चली गई। अपने संदूक से कुछ रुपए निकाल कर लायी और पिताजी के हाथों में जबरिया थमाते हुए बोली,''बस! बहस खत्म। तुम आज ही इसे लेकर शहर चले जाओ। वही रहेगा,पढ़ेगा- लिखेगा तो कुछ बन जाएगा। यहाँ तो इसे मुझे किसी हालत में रखना ही नहीं है बस।''

आज माँ को क्या हो गया था? उसकी आँखों में जलती चिंगारियां निकलती दिखायी दे रही थी। उस अछूत कन्या के एक चुम्बन से माँ के रूप को ही बदल दिया था। मुझे ऐसा लगा कि वह मुझसे घृणा करने लगी है। जबकि मेरा कहीं कोई दोष नहीं था। मैं इस उम्र में तो न तो शरीर से ही नहीं मन से ही परिपक्व था। काश! तब मैं अपने मन की बात और निर्दोष पारूली का स्नेह माँ को समझा पाता। पारूली ने अपने प्यार को सहारा देने वाले नन्हें दोस्त को एक स्नेह और अपनत्व से भरा चुम्बन दिया था जिसमें वासना की गंध तक नहीं थी। तब मेरे पास माँ को समझाने का न तो साहस था न शब्दकोश। दूसरी ओर मैं अपने आपको दोषी मान चुका था अगर मैं यह बताता कि मैंने ही हेतुवा से कहा था कि वह पारूली से मुझे एक चुम्बन दिला दे, तब तो मेरा अपराध और गम्भीर हो जाता। जो भी हो अपने को दोषी मान चुका था कुछ भी सफाई देने की स्थिति में नहीं था।

अब तो मेरा एकमात्र मित्र हेतुवा भी जीवित नहीं था।

मेरी दृढ़ निश्चयी माँ की कठोर वाणी का मेरे सज्जन पिता ना चाह कर भी समर्थन करते दिखे। मैं अब समझ चुका था कि मेरा इस गाँव से दाना पानी उठ चुका है। मैंने भी मन बना लिया था कि अब मैं भी इस गाँव में नहीं रहूँगा। पहले जब मेरा माँ से झगड़ा होता था तो उसको रटी रटाई गाली देता था - ''तेरी ठौर खाली हो जाय।'' किंतु आज मेरी ही गाँव से ठौर खाली होने जा रही थी। कुछ घण्टों बाद इस गाँव से दो लोगों की ठौर खाली होने जा रही थी- एक मेरे मित्र हेतुवा की, सदा के लिए और एक मेरी।

माँ रोती जा रही थी मुझे तैयार करती जा रही थी। लेकिन माँ क्यों रो रही थी? माँ की ममता के निष्ठुर होने का क्या कारण रहा होगा। क्या तब माँ के कठोर निर्णय के महत्व को मैं समझ सकता था। उसने निष्ठुर हो कर अपने सबसे छोटे लाड़ले पुत्र पर क्यों इतनी निर्ममता दिखलायी? मेरे मन मस्तिष्क में तब कई प्रश्न थे। घर से निकलने तक मैं उसकी उपेक्षा करता रहा। उसको मन ही मन नासमझी भरी गालियां देता रहा- ''तेरी ठौर खाली हो जाय, ''तेरी भैंस भैंव घूरी जाये'' आदि किन्तु आज तो माँ के घर से मेरी ही ठौर खाली हो रही थी।

अब आज मैं समझ सकता हूँ कि मेरी माँ पढ़ी-लिखी नहीं थी; परंतु शिक्षा का महत्व वह खूब जानती थी। उसने मेरे सभी भाई बहनों को क्षमतानुसार पढ़ाने का प्रयास किया था। मेरी माँ की मेरी आदतों पर बारीक नजर रहती थी। वह मुझे सदैव अवगुणों से दूर रखने का प्रयास करती थी, किंतु मैं उधमी तब उससे लड़ता रहता था। आज जब मुझे अपने बचपन के नादानियां भरी धृष्टतायाँ याद आती हैं तब मैं माँ की डाँट, मार और पुचकार को अति आदर से स्वीकार करता हूँ और माँ के प्रति मेरे भाव छलक उठते हैं। आज मैं निश्चित ही यदि शहर नहीं आया होता तो वहाँ गाँव में क्या कर रहा होता। शायद हेतुवा की तरह ही बिना पूर्ण रूप से खिले फूल की भाँति मुरझा चुका होता।

कुछ देर बाद मैं शहर की ओर जा रहा था, आगे-आगे स्वयं में चल रहा था, पिता जी मेरे पीछे आ रहे थे। अगले ही मोड़ पर मेरा मित्र हेतुवा भी इस संसार से अपनी ठौर सदा के लिए खाली करता हुआ अरथी पर सवार होकर आ रहा था। मैं एक क्षण के लिए ठिठका। अगले ही क्षण मैंने आगे बढ़कर अपने हाथ उसकी अर्थी पर लगाये। मैंने मन ही मन कहा, ''मित्र तू तो जा ही रहा है तो मैं भी गाँव छोड़ कर जा रहा हूं।''

वह कुछ न बोला। वह तो शान से सवारी में लेटा जा रहा था संसार के सभी

झंझटों को छोड़कर, मुख मोड़ कर। मैं हेतुवा को अंतिम विदाई देते उसके पीछे चलता रहा, लेकिन हेतुवा के कदम लम्बे थे, वह मुझसे बहुत आगे निकल चुका था।

मुझे तो अब अपने बस्ते का बोझ अकेले ही पता नहीं कब तक ठोना होगा। मैं उसकी अंतिम-यात्रा में पीछे छूटता रहा, रोता रहा... गाँव से दूर होता गया।

मन में बार-बार मृत्यु के विषय में सोच रहा था। जीवन और मृत्यु! क्या यह एक क्रूर खेल नहीं है? क्या मनुष्य यही खेल खेलने के लिए संसार में आता है। अंततः वह मरता ही क्यों है? मैं किससे पूछता? जिससे मैं अपनी जिज्ञासाएं शांत कराता था, प्रश्न पूछता था, वह तो आगे-आगे निकल चुका था।

मैंने तो अपने मित्र को वचन दिया था कि मैं उसे मरने नहीं दूंगा, दवाईयां लाता रहूँगा... किंतु में अपना वचन नहीं निभा पाया था। क्यों हेतुवा असमय ही संसार छोड़कर चला गया। पारूली के सपनों की कलियों को अधखिला छोड़कर हेतुवा कहाँ चला गया था। वह तो पारूली और मुझे छोड़कर जाना नहीं चाहता था फिर भी उसे जाना क्यों पड़ा। उसने तो अपने इस छोटे से जीवन में न तो कोई अपराध किया था न ही पाप... तो भाग्य ने उसे इतना बड़ा दण्ड क्यों दे दिया।

आज मैं सोचता हूँ आखिर जीवन व मृत्यु रूपी क्रूर खेल ईश्वर ने क्यों बनाये? क्या ईश्वर खिलौने रूपी मनुष्यों से खेलता रहता है... उसमें इसको इतना आनंद क्यों आता है?

हम दोनों का ठौर तो गाँवसे खाली हो चुकी थी, पीछे छूट गयी थी। अकेली अभागिन पारूली तमाम वर्जनाओं, तमाम लांछनाओं और आहत भावनाओं के साथ। मेरे साथ रह गयी थी बचपन की ढेरों नादानियाँ व धृष्टताओं की आजीवन चुभती यादें।

4

अधूरा सपना

मेरा हवाई जहाज गोवा की हवाई पट्टी पर उतरा। मैं तेजी से बाहर निकल आया। गोवा के बारे में उत्तरी भारत में प्रायः कई प्रकार के किस्से सुनने को मिलते ही रहते थे, जैसे वहाँ के सुन्दर समुद्र तट, नारियल के वन, समुद्र तट पर छोटी-छोटी पहाड़ियाँ, समुद्र तटों के आसपास रेस्टोरेण्ट में मिलने वाली सस्ती मदिरा। साथ ही शृंगार रस में डूबने वालों के लिए मिलती है नवयौवनायें आदि आदि बातें। मन में बसी धारणाएँ मुझे गोवा की ओर खींच रही थीं। एयरपोर्ट के बाहर निकला, बाहर ऊँची-नीची पहाड़ियाँ थीं। परन्तु छोटी-छोटी, कुछ हरी-भरी तो कुछ वृक्षविहीन। मुझे अपने उत्तराखण्ड प्रदेश की याद आने लगी। यहाँ हमारे प्रदेश की तरह गगनचुम्बी पर्वत शिखर नहीं थे फिर भी मुझ पर्वत प्रेमी को यहाँ पर इन पर्वतों को देख कर अच्छा लगा। मैंने टैक्सी तय कर ली। मुझे दक्षिण गोवा के एक रिसोर्ट में जाना था जहाँ मेरी चचेरी साली की शादी थी। मेरे यह ससुराली मुंबई के धनी व्यापारी परिवार से थे अर्थात् मेरी तुलना में काफी अमीर थे और आधुनिक युग से थे। मेरी साली की डेस्टिनेशन मैरिज वहाँ पर होनी थी। लड़के वाले बैंगलोर से थे। बहरहाल उस फाइवस्टार रिसोर्ट में मुझे पहुँचना था। मृदुभाषी टैक्सी चालक को मैंने पता बताया, उसे समझने में तनिक भी समस्या नहीं हुई। वह सरपट गोवा की सड़कों को पार करता शहर के बाहर दक्षिण की ओर निकल गया। अब छोटी-छोटी पहाड़ियों वाला ग्रामीण क्षेत्र आ चुका था। गाड़ी घुमावदार सड़कों पर दौड़ रही थी। चारों ओर हरियाली, नारियल के घने वन, छोटे-छोटे गाँव के गिरजाघर और कहीं-कहीं पर मन्दिर भी

दिखाई दे रहे थे। सुन्दर लुभावना दृश्य चारों बिखरा पड़ा था। मैं चारों ओर नज़र दौड़ाता चला जा रहा था। मैं अपने प्रदेश उत्तराखण्ड के पहाड़, वृक्षों की तुलना करते जा रहा था। भिन्न-भिन्न प्रकार के दृश्य होने पर भी दोनों ही प्रान्त सुन्दरता से भरपूर थे। मैं कब उस रिसोर्ट के गेट पर पहुँच गया था, समय का ज्ञान ही नहीं रहा। बहरहाल इस यात्रा का पहला सुन्दर सुखद पड़ाव पूर्ण हुआ।

अथाह सागर

मैं आधुनिक भारत के प्रवेश द्वार पर खड़ा था अर्थात भारी-भरकम और सुन्दर प्रवेशद्वार। अभी तक रास्ते भर मैं जो भारत देखता आ रहा था वह भारत यहाँ पर कदापि नहीं था। अत्यन्त ही सुन्दर गेट के दोनों और ऊँची-ऊँची प्रतिमाएं स्वागत में खड़ी थीं। विशाल, सुन्दर, सुसज्जित पथ के दोनों और सुन्दर फूल और फव्वारे, जहाँ-तहाँ सुन्दरता और करीने से सजाए गए फूल के गमले। यहाँ तक कि वृक्ष व पौधे भी एक विशेष तरीके से सज्जित किए गए थे। मैं चारों ओर देखता ही रह गया। स्वागत कक्ष पर पहुँचते ही मेरी चचेरी सालियाँ मेरे स्वागत में खड़ी थीं जो किलकारी मारते हुए मेरे से आ लिपटीं और उनकी उलाहना थी कि मैं उनकी दीदी को नहीं लाया। लेकिन अचानक बने गोवा के कार्यक्रम में मुझे हवाई जहाज से आना पड़ा था जिसका किराया काफी था। जिस पर मेरी पत्नी और मेरे बीच यह निर्णय हुआ कि दोनों में से एक ही शादी में जायेगा; परन्तु वह अकेले नहीं जाना चाहती थी अतः मुझे ही अपनी चचेरी साली के शादी में आने का सौभाग्य प्राप्त हो गया। लेकिन मैं यह बात उन्हें नहीं बता सकता था, इज्जत का प्रश्न था। हमने पहले ही स्वास्थ्य ठीक न होने का बहाना तैयार किया हुआ था।

मुझे इस भव्य रिसोर्ट के सुसज्जित कमरे में ठहराया गया। कमरे को बहुत ही करीने से सजाया गया था। कमरे में विवाह के लिए निर्धारित आगामी तीन दिनों के कार्यक्रम का विवरण पत्र रखा मिला। ताकि उस विवरण पत्र को देखते हुए मैं उन कार्यक्रमों में भाग ले सकूँ।

मैंने अपने कक्ष में अपना सामान सुव्यवस्थित किया और पश्चिम की ओर खुलने वाली खिड़की को खोला तो अवाक रह गया। सामने विशाल सागर लहरा रहा था, उसकी उठती गिरती उत्ताल तरंगों की कल्लोल-मालाएँ मेरे कक्ष के ठीक

नीचे तक आ रही थीं, मानो मेरा स्वागत करने के लिए लालायित हों। सूर्य की किरणें भी इन किलोल करती चंचल लहरों से खेल रही थीं। तभी मुझे इसकी विशालता देख डर भी लगा किन्तु इस सुन्दर नवीन दृश्यों को देखते रहने का मोह नहीं छोड़ सका।

यह नजारा मेरे लिए अद्भुत था। टेलीविजन पर अवश्य ही मैंने लहराता समुद्र देखा था; परन्तु उसकी विशालता, उसकी शक्ति का अनुभव मैं आज साक्षात् कर रहा था। वह भी अकस्मात्। मुझे अब तक ज्ञात न था कि मेरे कक्ष के ठीक पीछे सागर हिलोरे ले रहा है। मुझे लगा कि मैंने अपनी पत्नी को न लाकर गलती की, हालाँकि वह कई बार अपनी बहनों के पास आती जाती रहती थी। उसने समुद्र भी देखा था। अकेला कक्ष में मैं अपनी प्रसन्नता किससे व्यक्त करता। मैंने वैवाहिक कार्यक्रमों का विवरण पत्र उठाया। इसमें पूरे तीन रातों व चार दिनों का मिनट-मिनट का कार्यक्रम अंकित था। आज रात को पूल पार्टी थी। शाम होते ही पार्टी शुरू होने लगी, धीरे-धीरे रंग चढ़ता गया, धूम-धड़ाका, कॉकटेल, तरणताल में उछल-कूद कर नहाना, खाना-पीना, डांस। इस तरह से इस रात देर तक जोरदार पार्टी होती रही। मैं प्रायः सभी रंगों में रंग जाया करता हूँ, मैंने मतलब भर शराब भी पी, इस प्रकार मैंने पार्टी का खूब लुत्फ उठाया। पार्टी अभी जारी थी लेकिन मैंने खाना खाया और अपने कक्ष में आकर सो गया।

भटका राही

मैं छोटे शहर का रहने वाला था। जल्दी सोने और सुबह 5:00 बजे ही उठने वाला ठहरा। मैं अपने समय पर जग गया, नित्य कर्म करने के पश्चात मैंने अपनी आदत के अनुसार ही प्रातः कालीन भ्रमण पर जाने का निश्चय कर लिया। मैं प्रातः भ्रमण के लिए बाहर निकल आया। बाहर गार्ड को मैंने अपना मन्तव्य बताया। उसने मुझे साफ़ किया कि मैं निश्चिंत होकर घूम सकता हूँ, यहाँ कोई समस्या नहीं है। उसने मुझे यह भी बताया कि क्योंकि पार्टी देर रात तक चली है अतः यहाँ के लोग कोई भी दोपहर 10-12 बजे के पहले जागेंगे नहीं। मेरे लिए यह सुनहरा अवसर था। मैं रिसोर्ट के बाहर निकल आया। मैं गोवा की वास्तविक सुन्दरता को देखना चाहता था, गाँवों को देखना चाहता था। सौभाग्य से यह रिसोर्ट गाँवों के मध्य और समुद्र के किनारे था। मैं रिसोर्ट के बाहर निकलकर सड़क पर आ गया और समुद्र के बराबर खड़ी पहाड़ियों की ओर

बढ़ने लगा। अत्यन्त ही मनमोहक प्राकृतिक सौंदर्य फैला था। समुद्र में मिलती छोटी नदी का पानी बिना हलचल के धीरे-धीरे समुद्र में मिल रहा था और कभी-कभी समुद्र की लहरें उसके पानी को पीछे ढकेल रही थीं। मैं अपने प्रदेश उत्तराखण्ड की हरहराती, स्वच्छन्द, शोर मचाती नदियों की तुलना कर रहा था। कितना अन्तर था इस नदी और मेरे प्रदेश की नदी में। लेकिन चारों ओर की प्राकृतिक शोभा मनमोहक थी। चारों ओर नारियल के सीधे ऊँचे-ऊँचे पेड़ों की कतारें, मछुआरों की बस्तियाँ, मछली की फैली गन्ध, तारों पर फैली मछुआरों के जाल। मुझे यह भिन्न प्रकार का भू-दृश्य बहुत भाया। मैं बहुत देर तक प्रकृति के इस सुन्दर चित्रपट को तन्मय होकर देखता रहा।

अपनी गर्दन इधर-उधर घुमाकर अधिक से अधिक इन दृश्यों को देखना चाहता था। मैं तेजी से आगे बढ़ता रहा। मेरे पास तीन दिन ही तो थे। चौथे दिन एक बजे दोपहर में मेरा हवाई जहाज मुझे दिल्ली वापस ले जाता।

मैं कब इतनी दूर निकल आया, याद ही नहीं रहा। वास्तव में नवीनता ऐसी वस्तु है जिससे मार्ग की दूरी व थकान कष्टकर प्रतीत ही नहीं होते हैं।

मैं सड़क को छोड़कर एक छोटी पहाड़ी की ओर जाती पगडण्डी पर चला जा रहा था। वैसे भी पहाड़ के ऊपर चढ़ना मुझे बहुत अच्छा लगता है। मैं अधिकतम ऊँचाई पर चढ़कर चारों ओर का नजारा देखना चाहता था। कुछ दूर पर घर और गाँव दिखाई दे रहे थे अतः भय की कोई बात नहीं थी। पगडण्डी पर इक्का-दुक्का लोग ही आते-जाते दिखाई दिए। लेकिन तभी मुझे लगा कि मैं शायद कुछ ज्यादा ही दूर निकल आया हूँ। इतनी दूर मुझे अनजाने रास्तों और नये भूभाग में नहीं जाना चाहिए था। लेकिन इस समुद्रतटीय प्रान्त का नजारा मुझे अपनी ओर खींचता ले जा रहा था।अब गाँव भी कुछ दूर होने लगे थे।सड़क भी काफी पीछे छूट गयी थी। मैं रुक गया और वापस लौटने की सोचने लगा।

प्रकृति व सौंदर्य

मैं पीछे लौटने हेतु मार्ग के चुनाव के विषय में विचार कर ही रहा था और चारों ओर दृष्टि घुमा रहा था कि मुझे ढाल में उतरती मेरी ओर आती एक नारी दिखाई दी। वह मेरे करीब आती जा रही थी। मैं प्रसन्न हुआ कि चलो यह मुझे सड़क का मार्ग तो बता ही देगी। मैंने उसे गौर से देखा वह एक साँवली किन्तु

सुन्दर नाक नक्श, चंचल नेत्र, गुलाबी पतले होंठ, सुराहीदार गर्दन और लम्बे व्यवस्थित केश सज्जा वाली यौवना थी। मेरे अनुमान से उसकी उम्र पच्चीस - तीस की रही होगी। वह उन्नत और पुष्ट शरीर की आकर्षक नारी थी। उसकी बड़ी-बड़ी आँखें, सुन्दर सज्जित केश-न्यास, एक दृष्टि में ही पुरुष को अपनी ओर आकर्षित करने में सक्षम थी। मेरे लिए दो तरह से यह सुखद संयोग था। एक तो मैं रास्ता भटक चुका था जो मुझे राह दिखा सकती थी, दूसरा एकान्त में एक पुरुष को सुन्दर नारी का मिलना भी सुखद संयोग कहूँगा। जो भी हो इस एकान्त में मुझे एक खूबसूरत हम राही का सहारा तो मिल ही गया था।

मैं पगडण्डी के बीचो-बीच खड़ा था और वह मेरे ठीक सामने आ खड़ी हुई। उसने प्रश्नवाचक दृष्टि से मुझे घूरा। मैंने तनिक भी बिलम्ब न करते हुए पूछा, ''मैडम! मैं निकट के रिसोर्ट में आया था, प्रातः भ्रमण के लिए निकला था, कुछ अधिक ही दूर निकल आया हूँ। रास्ता भटक गया हूँ। कृपया, मुख्य मार्ग तक जाने में मेरी सहायता करेंगी?'' मैंने विशुद्ध उत्तर भारतीय ढंग से प्रश्न किया। उसने मुझ पर भरपूर नज़र डाली। मैं गोरा-चिट्टा और हृष्ट-पुष्ट पुरुष था। उसे समझने में देरी नहीं लगी कि मैं निश्चय ही उत्तर भारत से हूँ। उसने दृढ़ता परन्तु मीठे सुरीले शब्दों में कहा, ''कोई बात नहीं, मैं आपको रिसोर्ट तक पहुँचा दूँगी, आप परेशान न हों।'' उसके मीठे स्वर मेरे कानों पर मिश्री से घुल गए।

मैंने तुरन्त उत्तर देते हुए कहा, ''नहीं! आप मुझे रिसोर्ट का मार्ग बता दें मैं स्वयं चला जाऊँगा।''

उसने कहा, ''हाँ-हाँ; परन्तु आप सड़क तक तो मेरे साथ चलें, वहाँ से आपको अपना.. वह क्या कहा था...? मार्ग मिल जाएगा।'' उसने ठिठोली की। हग दोनों प्रफुल्लित होकर हँस पड़े। एकान्त स्थान पर हँसती सुन्दर नारी का साथ किस पुरुष को अच्छा नहीं लगता है? सुन्दर नारी में तो वैसे भी पुरुष को आकर्षित करने की शक्ति ईश्वर ने प्रदान कर रखी है।

हम दोनों धीरे-धीरे ढलान पर उतरने लगे। बात करने के लालच में मैंने उससे पूछा, ''मैडम! यहाँ कहाँ से आ रही हैं, और कहाँ जा रही हैं?''

उसने मुस्कुराते हुए एक नज़र मुझ पर डाली। उसने उत्तर दिया, ''पीछे एक किलोमीटर दूरी पर एक स्कूल है, जहाँ पर मैं टीचर हूँ। मैं कुछ अस्वस्थ हो गयी

थी इसलिए स्कूल से पहले ही लौट आयी हूँ और घर जा रही हूँ।''

मैंने सहृदयता दिखाते हुए कहा, ''क्या अब आप ठीक हैं?''

उसने उत्तर दिया, ''नहीं, मैं जल्दी ही घर पहुँचना चाहती हूँ। मेरे सिर में लगातार दर्द हो रहा है, घर पहुँच कर दवा लूँ तब कुछ शायद आराम मिले।''

''ऐसी स्थिति में आप स्कूल गयी ही क्यों?''

''परीक्षा आने वाली है, बच्चों का कोर्स पूरा कराना भी जरूरी था, मेरी जिम्मेदारी थी।'' मैंने सिर हिलाते हुए कहा, ''अवश्य ही।''

मैं उत्तर भारतीय शुद्ध हिन्दी के शब्दों का प्रयोग कर रहा था। वह भी ठीक-ठाक हिन्दी बोल रही थी; परन्तु मेरे कहने के तरीके से वह हल्की हँसी के साथ बोली ''अवश्य - अवश्य।'' मैं उसके कहने का आशय जानकर खिलखिला उठा और वह भी हँसती रही। इस सुन्दर प्राकृतिक भू-भाग में मुझे प्रकृति के साथ ही सौंदर्य का भी साहचर्य सहज ही प्राप्त हो गया था। मैं खिल उठा था। तभी अचानक वह लड़खड़ा कर गिर ही पड़ती यदि मैंने उसे अपनी बाँहों से रोक न लिया होता। शायद उसकी तबीयत अधिक खराब हो गयी थी। अब वह मेरी बाँहों में झूल गयी। मैं कुछ देर उसे अपनी बाँहों में रोके खड़ा रहा, शायद वह कुछ ठीक हो जाए लेकिन वह अपने पाँवों पर खड़े होने की स्थिति में नहीं थी। उसने धीरे से पलकें उठायीं और मन्द स्वरों में कहा, ''मुझे चक्कर आ रहे हैं, आप मुझे सहारा दें तो हम नीचे सड़क तक पहुँच सकते हैं।''

मैंने तुरन्त ही उसको ठीक से सहारा दिया, अब उसकी एक बाँह मेरे कन्धे में थी और मेरा एक हाथ उसकी कमर में। क्योंकि वह सीधे खड़ी नहीं हो पा रही थी। इस एकान्त में कोई और सहयोग के लिए था भी नहीं। मैं कुछ क्षण के लिए असहज हुआ, असमंजस में रहा। स्थिति ऐसी थी कि बिना मेरे सहारे वह चल नहीं सकती थी। कठिनाई से हम नीचे ढाल की ओर बढ़ने लगे। वह कभी-कभी आँखें खोलती और मेरी ओर देखती फिर पलकें बन्द कर लेती। उसकी आँखों में कृतज्ञता व स्नेह के चिन्ह मुझे अवश्य ही नज़र आ रहे थे। किन्तु मुझे अभी किसी भी स्थिति में सड़क तक पहुँचना था। मेरे कानों में किसी गाड़ी के हार्न की आवाज आयी, मेरी हिम्मत बढ़ी। इसका तात्पर्य था कि हम सड़क के करीब आ चुके थे।

वह कभी दर्द से कराहती, पुनः आँखें बन्द कर लेती। मैं उसे सहारा देते

हुए सड़क की ओर बढ़ता रहा।

मेरे मन में कई प्रश्न उठते। चंचल पुरुष मन। उसका सुन्दर व जवान शरीर मुझ पर लदा था, उसकी यौवन-उष्मा को मैं निकटता से महसूस कर मचल उठता। तुरन्त ही अपराध-बोध जाग उठता, कर्त्तव्य-बोध जागता। पुरुष के मन की स्थिति भी कैसी- कैसी हो जाती है। उस समय मैं परिस्थितियों के हवाले था।

मैं उसे लादे-फाँदे सड़क पर पहुँच गया। सड़क के किनारे मैंने उसे एक पेड़ के तने के सहारे बिठा दिया और बगल में बैठकर उसका माथा सहलाने लगा। उसे कुछ अच्छा लगा होगा। उसने अपनी आँखें खोली और एक सुन्दर मुस्कान के साथ मुझे निहारा। पुनः आँखें बन्द कर ली। वह बोल भी नहीं पा रही थी। मैं क्या करूँ समस्या आन पड़ी थी? अनजान लोग, अनजाना स्थान।

कर्त्तव्य पालन

तभी मुझे सड़क पर किसी गाड़ी के आने की ही आवाज सुनाई दी। मैं तुरन्त ही उसे रोकने सड़क पर आ खड़ा हुआ। मुझे कार आती दिखाई दी। मैंने उसको रोकने का संकेत दिया। कार वाला भी भला-मानुष रहा होगा, उसने तुरन्त कार रोक दी। प्रायः सुनसान राह पर अनजान व्यक्ति के लिए कोई कार रोकता नहीं है। मैंने कार वाले से पेड़ के नीचे बैठी युवती की ओर इशारा करते हुए अनुरोध किया की वह बीमार है और मैं चाहता हूँ कि आप उसे कार से निकट के किसी डॉक्टर के पास तक ले चलें। कार वाला सज्जन व्यक्ति था। तुरन्त ही उसने हामी भर दी। उसने कहा, ''मैं शहर की ओर ही जा रहा हूँ, आपको डॉक्टर के पास छोड़ दूँगा।'' मैंने उस युवती को उठाया और किसी तरह उसे कार में बिठाया। कार कुछ देर के बाद एक हॉस्पिटल के बाहर आ खड़ी हुई। मैंने कार वाले को धन्यवाद दिया और वह चला गया। मैं युवती को लादकर हॉस्पिटल के अन्दर ले गया। स्वागत कक्ष में एक बेंच पर बिठा दिया। मैंने युवती से पूछा, ''कैसा अनुभव कर रही हो?'' उसने कोई उत्तर नहीं दिया। वह अब भी बोल नहीं पा रही थी।

स्वागत काउण्टर पर खड़ी नर्स ने मरीज का नाम पूछा लेकिन तब तक मुझे उसका नाम भी कहाँ ज्ञात था। वह स्वयं बोलने की स्थिति में भी नहीं थी। मेरे मुख से अनायास ही निकल गया ''सपना''। नर्स ने मेरा नाम, पता, सम्बन्ध

आदि की जानकारी ली।मेरे मन में जो आया मैंने लिखवा दिया। फीस जमाकर कुछ मिनटों के बाद हम दोनों डॉक्टर के कक्ष में थे। उसे स्ट्रेचर पर लिटा दिया गया। डॉक्टर ने मुझसे पूछा, "हाँ! तो बताएँ आप के मरीज को क्या परेशानी है?"

मैं अधिक क्या बताता, मुझे जो पता था मैंने उन्हें बता दिया। डॉक्टर ने कहा, "बाहरी तौर पर आपका मरीज ठीक है लेकिन इसका अचानक बेहोश हो जाना किसी गम्भीर बीमारी का लक्षण हो सकता है।"

मैंने पूछा, "डॉक्टर साहब इसे होश कब तक आ जायेगा।"

डॉक्टर ने कहा, "मैंने उसे इंजेक्शन लगा दिया है। वह कुछ ही देर में होश में आ जायेगी। आप परेशान न हों। लेकिन इनका सिटी स्कैन एवं खून की जाँच आवश्यक है। अभी कुछ देर में वह होश में आ जाएगी तो मैं उससे बीमारी की केस हिस्ट्री जान लूँ तब आगे क्या किया जाए मैं आपको बताऊँगा।" उसे एक बिस्तर पर लिटा दिया गया। वह कभी-कभी आँखें खोल इधर-उधर देखती, कुछ पल मेरे चेहरे को देखकर बिना कुछ बोले ही आँखें मूँद लेती। मैं कभी सोचता कहाँ परेशानी में पड़ गया हूँ। मैं तो सैर सपाटा पार्टी करने आया था। पता नहीं इसे कब होश आएगा। अब तो मुझे उसको उसके घर तक भी छोड़ना ही होगा। पता नहीं इसका घर कहाँ होगा?

दूसरी ओर मैं उसके बगल में बैठ उसका माथा सहला रहा था। उसकी निकटता मुझे अच्छी भी लग रही थी और मैं रोमाँचित भी हो रहा था। उसने इस बीच कई बार आँखें खोली, मुझे कुछ पल निहारा पुनः आँखें बन्द कर ली।

स्त्री की आँखों में अनोखा जादू होता है, एक अनोखा आकर्षण, इसी आकर्षण से पुरुष उसकी ओर खिंचता है। उसके स्पर्श की लालसा करता है। शायद मेरे भीतर के पुरुष का प्राकृतिक स्वभाव भी उसकी ओर आकर्षित होता जा रहा था।

मैं कभी उसका माथा तो कभी उसकी हथेलियों को सहलाता। करीब आधे घण्टे के बाद उसने आँखें खोली। मैंने मुस्कान के साथ उससे पूछा, "अब कुछ अच्छा फील कर रही हो?" उसने हाँ में सिर हिलाया।

मैंने कहा, "मैं तुम्हें हॉस्पिटल लाया हूँ, तुम्हें इंजेक्शन लगवा दिया है। अब तुम ठीक हो जाओगी।"

मुस्कान और नम आँखों के साथ उसने धीरे से कहा, ''आप मेरे लिए उस वीरान जगह पर देवदूत की तरह पहुँच गए, नहीं तो मैं अभी तक वहीं पड़ी होती।''

उसने मेरे दोनों हाथों को अपने हाथों में ले लिया और उन्हें कस कर दबाते हुए अपने सीने के मध्य रख लिया और पुनः आँखें मूँद ली।

मैं पता नहीं कैसा-कैसा अनुभव करने लगा। मैंने स्वयं भी हाथ नहीं खींचे। कुछ मिनटों के बाद उसने आँखें खोली।

उसने मन्द स्वरों में कहा, ''मैं बैठना चाहती हूँ।''

मैंने धीरे से अपना हाथ खींचा और उसको सहारा दे कर बिठा दिया। मैंने उससे पूछा, ''क्या तुम बैठी रह सकती हो? मैं डॉक्टर को बुलाता हूँ।''

उसने हाँ में सिर हिलाया।

मैंने डॉक्टर को सूचित किया कि सपना अब होश में आ गयी है। डॉक्टर ने मेरे साथ नर्स को भेजा और सपना को लाने को कहा।

मैं और नर्स उसको सहारा देकर डॉक्टर के पास पहुँचे। डॉक्टर ने पेपर देखे और हमें बैठने का इशारा करते हुए कहा, ''हाँ तो सपना! अब आप ठीक हैं।''

युवती की समझ में कुछ भी नहीं आया। वह इधर-उधर देखने लगी। मैं समझ गया था। मैंने युवती से कहा, ''डॉक्टर साहब आप ही से पूछ रहे हैं।'' उसने कहा, ''लेकिन मेरा नाम तो सपना नहीं है।''

तब मैंने उसे धीरे से बताया कि तुम तो बोलने की स्थिति में थी नहीं और मुझे तुम्हारा नाम पता नहीं था इसलिए मैंने तेरा नाम रिकॉर्ड में ''सपना'' ही लिखवा दिया है। उसने मुस्कराते हुए मेरी ओर देखा और डॉक्टर की ओर मुड़कर बोली, ''हाँ, मैं अब ठीक हूँ और सिर में भी दर्द कम है।''

डॉक्टर ने कहा, ''देखिए सपना! वैसे तो आप ठीक हो, मैं आपको दवा दे दे रहा हूँ लेकिन अचानक चक्कर आना और बेहोश होना किसी गम्भीर बीमारी के लक्षण भी हो सकते हैं। इसलिए मैं चाहता हूँ कि आप सीटी स्कैन करा लें और खून की जाँच भी करा लें। उससे आगे के डायग्नोसिस में सुविधा होगी और हम मर्ज की जड़ तक जा सकते हैं।''

मैंने बीच में बोलते हुए कहा, ''डॉक्टर साहब! आप इनका सीटी स्कैन और ब्लड टेस्ट आदि करवा दें।''

सपना कुछ नहीं बोली। इस तरह डॉक्टर ने उसे नर्स के साथ सीटी स्कैन और खून की जाँच करने हेतु भेज दिया। अब वह पहले से काफी ठीक थी और स्वयं अपने पैरों पर चल फिर सकती थी। मैंने राहत की साँस ली और बाहर बेंच पर बैठ कर इंतजार करने लगा।

मैं बाहर बेंच पर बैठा - बैठा पिछली घटनाओं पर विचार करने लगा। सब स्वप्न-सा लग रहा था। मुझे रिसोर्ट भी वापस पहुँचना था। मेरे पुरुष मस्तिष्क में कई विचार आ जा रहे थे हालाँकि मुझे यह सब अच्छा भी लग रहा था। कभी-कभी मैं सशंकित होता। अन्त में मैंने निर्णय लिया कि एक बीमार युवती का साथ मुझे देना ही चाहिए, उसे सुरक्षित घर छोड़ना मेरी जिम्मेदारी है। मुझे यहाँ पर कुछ काम था भी नहीं। अभी मात्र सुबह के दस बजे थे। मुझे गोवा में और कहीं जाना भी नहीं था। मैं विचारों में खोया था कि युवती बाहर निकली। मैं उसकी ओर लपका। वह पहले से काफी ठीक लग रही थी। उसने मुझे प्यार भरी मुस्कान के साथ घूरा या मुझे ही उसकी नज़रें प्यार भरी लग रही होंगी। मैं रोमाँचित हुआ। मैंने उसकी बाँह थाम ली उसने बाँह थामने से मुझे रोका भी नहीं। उसने कहा, ''आपको मेरी वजह से काफी देर हो गयी है और कष्ट भी।'' मैंने उसे निहारते हुए कहा, ''क्या कहती हो? यह तो मेरा फर्ज था। एक बीमार को डॉक्टर तक लाने में कैसा कष्ट।'' उसने मुस्कुराहट के साथ बड़ी-बड़ी सुन्दर आँखों से मेरी ओर देखा और कहा,

''डॉक्टर ने सीटी स्कैन कर लिया है, रिपोर्ट परसों मिल पाएगी। उन्होंने मुझे घर जाने की अनुमति दे दी है और दवाई भी दे दी है।''

मैंने उसे धीरे से एक बेंच पर बिठाते हुए कहा, ''अच्छी बात है। मैं टैक्सी लेकर आता हूँ और तुम्हें घर तक छोड़ता हूँ।''

कुछ समय बाद हम दोनों टैक्सी पर सवार होकर रिसोर्ट की ओर बढ़ रहे थे। उसने मुझे बताया कि उसका घर रिसोर्ट से थोड़ी ही दूरी पर है। कार की पिछली सीट पर बैठने के कुछ देर बाद उसने अपना हाथ मेरे हाथ के ऊपर रखते हुए मेरी ओर मुड़कर कहा, ''मैं तो आपका नाम तक नहीं जानती, न ही आप के बारे में। किन्तु आप एक अच्छे इंसान हैं। आपने तो मेरा दूसरा नाम भी रख दिया

है ''सपना''।''

वह पहली बार खिलखिलाकर हँस पड़ी। ''सपना, नाम तो अच्छा दिया आपने मेरा। इसीलिए मैंने अपना नाम बदलवाया नहीं।''

मुझे अच्छा लगा जानकर कि उसे मेरा दिया हुआ नाम अच्छा लगा। उसका आकर्षक रूप और सौम्य स्वभाव मुझे भा रहा था।

मैंने भी अपना दूसरा हाथ उसके हाथ के ऊपर रखते हुए पूछा,''सपना! अच्छा तुम्हारा नाम क्या है?''

उसने खनखनाती आवाज में कहा,''सपना!''। हम दोनों जोर से खिलखिला पड़े। टैक्सी चालक भी एक बार पीछे मुड़कर देखने लगा।मैंने दुबारा उसका नाम जानने की कोशिश नहीं की। लेकिन उसने कहा,''मैंने तो आपका नाम पूछा ही नहीं, आपका क्या नाम है?''

''मेरा नाम जानकर क्या करोगी?''

''अरे! मैं आपको क्या कहकर पुकारूँगी?''

मैंने नाम बताया,''योगेन्द्रनाथ पराशर।'' उसने अपनी बड़ी-बड़ी आँखें तीतर कर कहा,''ये तो बड़ा लम्बा नाम है, क्या मैं आपको केवल, नाथ कहकर पुकार सकती हूँ।''

''हाँ, क्यों नहीं, परन्तु तुम नाथ का अर्थ समझती हो?''

उसने कहा, ''नहीं।''

''नाथ का अर्थ होता है- स्वामी या मालिक''

''हाँ, ठीक ही तो है।''

''किन्तु स्त्री- पुरुष के मध्य नाथ का अर्थ भिन्न मायने रखता है।'' मैंने उसे समझाया।

''तो ठीक है, आज तो आप मेरे नाथ, स्वामी ही हैं। आज यदि आप न होते तो न जाने मेरा क्या हाल होता। आप ने मेरी जान बचाई है।''

उसने मेरे दोनों हाथों को कसकर दबा लिया ''मैं आप को नाथजी कहकर ही पुकारुँगी। आपको आपत्ति तो नहीं है?''

मैंने कहा, ''नहीं तो।''

उसने मेरे कन्धे में अपना सिर रख दिया।

उसका आकर्षक रूप और सौम्य स्वभाव मेरे मन को भा गया। कोई युवती पुरुष को नाथ कहे तो पुरुष को अच्छा ना लगे, यह कैसे हो सकता है।

रिसार्ट से कुछ दूर चलकर उसने टैक्सी रुकवा दी और हम नीचे उतर गए। उसने दूर से ही इशारा करते हुए बताया, ''वह रहा मेरा घर।''

हम दोनों टैक्सी से उतरकर बाहर सड़क पर खड़े थे। उसने इशारा करते हुए बताया कि सामने बस्ती दिखाई दे रही है। मैंने उससे कहा, ''ठीक है, अगर तुम ठीक हो तो जा सकती हो और मुझे भी रिसोर्ट वापस लौटना है।''

उसने बाल हठ जैसा दिखाते हुए मेरा हाथ पकड़कर कहा, ''नहीं, आपको मुझे घर तक छोड़ना ही होगा। अगर फिर मैं रास्ते में बेहोश हो गयी तो मुझे कौन सँभालेगा?'' मुस्कुराहट के साथ उसने आग्रह किया।

एक सुन्दर युवती का आकर्षक आग्रह हो तो कोई सामान्य पुरुष उसे टाल सकता है क्या? मैं आज्ञाकारी की तरह उसके साथ चल दिया। कुछ ही मिनटों में हम दोनों उसके घर के सामने खड़े थे। उसको आता देख उसके घर से उसकी छोटी बहन चहचहाते हुये दौड़कर उसके पास आ गयी और बोली, ''दीदी! आज आप जल्दी आ गयीं? मेरे लिए क्या लायी हो?''

उसे क्या पता था कि उसकी दीदी किस प्रकार घर पहुँची है। सपना ने अपने मुखमण्डल पर नकली मुस्कान बिखेरते हुए कहा, ''कुछ भी नहीं।''

दीदी के गम्भीर मुख-मुद्रा को देख उसकी छोटी बहन ने एक नज़र मुझ पर डाली और चुपचाप उसका हाथ पकड़कर घर के आँगन में प्रविष्ट हो गयी। मैं दो-चार कदम पीछे चल रहा था, अंजान लोगों के बीच कौन-सा आकर्षण मुझे खींचे जा रहा था मुझे ज्ञान नहीं था। जैसे ही घर में उसके अस्वस्थ होने की खबर फैली, पूरा घर एकत्र हो गया। उसमें उसकी बड़ी बहन, बूढ़े माता-पिता, एक विकलांग भाई। सबने उसको घेर लिया। क्या हुआ? क्या हुआ? की आवाज आने लगी। सपना ने लम्बी साँसें भरी और वह एक कुर्सी में बैठ गयी। उसने तुरन्त ही अपनी छोटी बहन को मेरी ओर इशारा करते हुए कहा, ''जीनत! बाहर जाओ और नाथजी खड़े हैं उन्हें अन्दर बुलाकर लाओ। मैं हाथ-मुँह धोकर आती

हूँ, वह घर के भीतर चली गयी।

मुझे अन्दर एक पुरानी-सी कुर्सी पर बैठाया गया। मैंने चारों ओर नज़र दौड़ायी लकड़ी का बना हुआ पुराना घर था। घर के हालात से साफ था कि घर आर्थिक तंगी से गुजर रहा होगा। किसी ने मुझसे वार्तालाप नहीं किया। मैं विचार मग्न था कि सपना का मधुर स्वर मेरे कानों में मिश्री की तरह घुला, ''नाथ!'' मैंने मुड़कर देखा वह सामने खड़ी थी। अब उसका मुखमण्डल चमक रहा था, निश्चित ही वह कुछ सिंगार करके और बाल संवारकर मेरे सामने आयी थी। अब वह पहले से भी अधिक आकर्षक लग रही थी। उसने मेरा परिचय अपने परिवार के साथ कराते हुए कहा, ''नाथजी! ये मेरे पिताजी हैं, एक फैक्ट्री से रिटायर हो चुके हैं।'' उसने अपनी झुर्रियों से भरी हुई माँ की ओर इशारा करते हुए कहा, ''यह मेरी प्यारी माँ है, वह सामने मेरी दीदी और यह मेरा भाई रोमेश।'' अन्त में उसने अपनी छोटी बहन को अपनी ओर खींचते हुए कहा, ''यह है मेरी प्यारी चुलबुली बहन जीनत।''

मैंने संयुक्त रूप से प्रणाम की मुद्रा में हाथ जोड़े। सबके सामने सपना ने मेरी प्रशंसा के पुल बाँध दिये। उसने अपने परिवार को बताया कि मैं उनके गाँव के पास के रिसोर्ट में ठहरा हूँ। मेरा नाम बड़ा अटपटा है इसलिए, मैं इन्हें नाथ के नाम से ही पुकार रही हूँ। उसने सबको यह भी बताया कि मैं अभी तक उसका असली नाम नहीं जानता हूँ, इसलिए इन्होंने मेरा नाम ''सपना'' रख दिया है।

''सपना!'' इस नाम को सुनकर उनका पूरा परिवार खिलखिला उठा। बीमारी के बोझिल समाचार से घिरे घर में कुछ हँसी के पल उभरे; परन्तु तुरन्त ही वे पल गायब हो गये, जब सपना ने यह बताया कि वह किस तरह रास्ते में बेहोश हो गयी थी और मैंने किसी प्रकार लाद फाँद कर उसे डॉक्टर के पास पहुँचाया, दवा दिलायी और फिर टैक्सी कर वापस घर तक छोड़ा।''

पहली बार सपना के बड़ी-बड़ी सुन्दर आँखों में आँसू थे। उसका कण्ठ रुद्ध गया था। उसने सिसकते हुए कहा, ''अगर नाथ रास्ते में अचानक ही न मिले होते और ये मुझे डॉक्टर के पास न ले गये होते तो पता नहीं, मैं कहाँ और कैसी होती?''

रोते-रोते उसका गला पुनः भर आया। उसकी दीदी ने उसको सँभाला।

उसने आँसू पोंछते हुए पुनः कहा, ''ये पता नहीं कहाँ से देवदूत बनकर वहाँ

आ गये। और तो और डॉक्टर की फीस, मेरा पूरा चेकअप कराने के सभी खर्चे भी इन्होंने ही हॉस्पिटल में जमा किये। मेरे पर्स में तो कुछ ही पैसे पड़े थे।।''

इसके पहले रास्ते भर उसका यह भावुक रूप मुझे दिखायी नहीं दिया था। उसके प्रति मेरा आकर्षण, स्नेह व सम्मान में बदल गया।

उसकी बड़ी बहन ने उसके आँखों से आँसुओं को पोंछा और उसे सान्त्वना देते हुए कहा,''मरियम! तुम खुद ही अच्छी हो। पूरे घर की देखभाल तुम ही करती हो। मरियम! तुम तो हमारे परिवार के लिए गॉड हो गॉड, तो तुम्हें कोई गॉड बन कर बचाने क्यों नहीं आता?''

मैंने अब जाना कि सपना का असली नाम ''मरियम'' है। पूरे परिवार के भरण-पोषण की जिम्मेदारी उसके सिर पर थी। इतना भार होने पर भी वह हँसमुख और प्यारी थी। साँवली होने पर भी उसकी सुन्दरता मेरी नज़रों में बढ़ गयी थी। उसका भावपूर्ण आँसुओं से भरा सुन्दर चेहरा मेरे हृदय में बस गया था।

कुछ देर में उसकी बड़ी बहन मेरे लिए गर्म कॉफी लेकर आ गयी। सब मेरे चारों ओर बैठ गये और सब मेरे बारे में जानना चाहते थे। मैं कौन हूँ? कहाँ का रहने वाला हूँ? मेरे परिवार में कौन-कौन हैं? यहाँ कैसे आया? आदि। कई प्रश्नों के उत्तर की प्रतीक्षा उनको रही होगी। शायद सपना को सबसे अधिक रही होगी क्योंकि इतना सब होने के बाद भी उसे मेरे बारे में कुछ ज्ञात न था या ये कहूँ कि इन प्रश्नों के उत्तर का समय ही अब आया। सपना सामने कुर्सी पर बैठे टकटकी लगाये मुझे देख रही थी। मैं उसे कुछ क्षणों तक देखता रहा। उसके साथ बिताये एकान्त क्षण, उसके यौन की ऊष्मा एवं स्पर्श मेरे पुरुष मन को उद्वेलित करने लगे। मैंने अपनी नज़रें उससे हटायी। सब मेरे उत्तर की प्रतीक्षा कर रहे थे। मैंने उन्हें बताया कि मैं नैनीताल का रहने वाला हूँ; परन्तु नौकरी दिल्ली में करता हूँ। मेरी पत्नी, एक पुत्र व एक पुत्री है। सपना और उसके परिवार के बारे में अधिकांश बातें सपना की बड़ी बहन ही बताती रही कि उनके घर का एकमात्र कमाने वाला और सहारा देने वाली मरियम ही है। वही पढ़ी-लिखी भी है। एक प्राइवेट स्कूल में टीचर है, उसकी तनख्वाह से ही घर चलता है। मकान पिताजी ने खरीदा था। वह स्वयं घर के काम सँभालती है।

मरियम के बेहोश होने की बुरी खबर से पूरा परिवार आशंका से भर उठा था। अन्त में उनकी बड़ी बहन ने मुझसे पूछा,''नाथजी! मरियम के बारे में

डॉक्टर ने क्या बताया ?''

मैंने बताया, ''अभी तो वह ठीक है, चिन्ता की बात नहीं है।''

फिर मैंने उल्टा प्रश्न किया, ''क्या सपना को पहले भी चक्कर आते थे या वह कभी बेहोश हुई थी ?'' उसकी बूढ़ी माँ ने उत्तर दिया, ''वह प्रायः सिर में दर्द बताती थी, कुछ दवा खाती तो ठीक हो जाती थी। कभी कुछ देर के लिए चक्कर आने की शिकायत भी इसने एक बार की थी।''

मेरी चिन्ता बढ़ गयी, मैंने बताया, ''सपना के सिर का सीटी स्कैन किया गया है और इसके खून के नमूने भी लिये गये हैं। परसों इसकी रिपोर्ट आ जाएगी। तब वास्तव में ज्ञात होगा कि बीमारी क्या है।''

मेरी इन बातों को सुनकर पूरे घर में सन्नाटा छा गया। सब शान्त। कुछ देर सन्नाटा रहा। ऐसा वातावरण देख कर सपना झट से अपने स्थान से उठते हुए बोली, ''अरे! क्यों सब चुप हो? क्या गमगीन माहौल बनाया हुआ है? कोई घर पर आये हैं, उन्हें कुछ नाश्ता दो। नाथजी सुबह से निकले हैं, अब दोपहर के बारह बजने वाले हैं।'' उसने दीवार पर टँगी पुरानी घड़ी को देखते हुए कहा।

बारह बजे का नाम सुनते ही मैं सपने से जैसे जगा। निश्चित ही मुझे निकले काफी देर हो चुकी थी। रिसोर्ट में मेरी सालियाँ चिन्ता में पड़ सकती थी। हालाँकि मैं जानता था कि, ये देर रात तक पार्टी करने वाले, बारह बजे तक जगने वाले नहीं हैं, फिर भी मुझे शीघ्र वापस जाना ही होगा।

सपना का आकर्षण मुझे जल्दी वापस जाने से रोक रहा था। यहाँ कौन पत्नी और बच्चे हैं। घूमने आया हूँ, इसी बहाने गोवा के गाँव के लोगों के साथ बैठा हूँ। रिसोर्ट के अन्दर तो वही पाँच सितारा संस्कृति मिलती है, खाओ-पियो, नाचो-गाओ। मैंने मन मारकर वापस जाने का निश्चय किया। सपना नास्ता करने का आग्रह करती रही, अन्त में उसने इस शर्त पर मुझे जाने की अनुमति दी कि कल सुबह भी मैं मार्निंग वॉक के समय सीधे उसके घर पर पहुँचूँ और नाश्ता-चाय, खाना वहीं उसके घर पर ही करूँ। मेरा मन तो स्वयं ही यह चाह रहा था। मुझे तो मनचाही मुराद मिल रही थी। मैंने सपना की दीदी को हिदायत देते हुए कहा, ''डॉक्टर ने सपना से जब तक रिपोर्ट न आ जाए, घर पर ही आराम करने को कहा है। परसों जब रिपोर्ट आ जायेगी, उसके बाद ही सपना कहीं इधर-उधर आ जा सकेगी।''

सपना ने चिन्तित होते हुए कहा, ''नहीं! मुझे स्कूल जाना ही पड़ेगा। एक तो बच्चों का कोर्स पूरा कराना है, दूसरा मैं जितने दिन स्कूल नहीं जाऊँगी, वे वेतन काट लेंगे।''

मैंने कठोरता से कहा, ''लेकिन फिर तुम्हें रास्ते में चक्कर आये और गिर पड़ी तो?''

उसने तिरछी शरारत भरी नज़रों से देखते हुए और सकुचाते हुए कहा, ''नाथ हैं तो थामने के लिए।''

मैं झेंपा। मैंने उत्तर नहीं दिया। सपना मुझे शरारत भरी नज़रों से देख रही थी। हम दोनों के भीतर कुछ हलचल जरूर थी।

मैंने कल पुनः आने का वादा किया और विदाई ली।

रास्ते भर मैं न जाने क्या-क्या सोचता रहा। मैं परिवार वाला, बाल बच्चों वाला। मेरा उसके प्रति अधिक लगाव क्या उचित है। परन्तु मेरा मन उसकी ओर खिंचा जा रहा था, ऐसा क्यों हो रहा है? क्या पुरुष पत्नी से दूर होते ही पर नारी का साथ पाकर उसका भरपूर आनन्द लेना चाहता है? या वह अपने नीरस पारिवारिक जीवन से ऊबकर उसमें कुछ नया रंग भर लेना चाहता है? यह भी हो सकता है कि पुरुष स्वभाव से ही लम्पट होता हो। हाथ लगे अवसर को व्यर्थ गँवाना नहीं चाहता हो। परायी नारी को देखकर मौका मिलते ही उसके अन्दर का राक्षस जाग उठता हो। यह भी सम्भव है कि वह अपनी जवानी के दिनों को फिर से ताजा करना चाहता हो। तब, जब उसे सामने वाली नारी की ओर से शुभ संकेत मिल रहे हों। शायद वह उन पलों को व्यर्थ गँवाना नहीं चाहता हो? प्रायः पुरुष के जीवन की विडम्बना यह है कि उसे किसी स्त्री के मन को जीतने में बड़ा समय लगता है, बड़े धैर्य और समर्पण की आवश्यकता होती है। नारी यूँ ही किसी पुरुष को नहीं चाहने लगती है। क्या सपना मुझे मन ही मन चाहने लगी थी? या मात्र कृतज्ञतावश मुझसे ऐसा व्यवहार कर रही थी। कुछ लोग कहते हैं कि स्त्री का सौन्दर्य, सिंगार उसके स्वयं के लिए होता है। उसके स्वयं की संतुष्टि के लिए होता है। इससे पुरुष का उसकी ओर आकर्षित होना एक कुतर्क है। कुछ श्रृंगारशास्त्री लावणी रमणी नारी की ओर आकर्षित होना पुरुष का प्राकृतिक गुण बताते हैं। इसमें बुराई क्या है?

तुरन्त मेरा विवेकी मन कहता, क्या शादीशुदा व्यक्ति को किसी पर नारी

की ओर आकर्षित होना चाहिए? आकर्षण तक तो ठीक है, लेकिन उसके आगे पुरुष को मर्यादा में रहकर संयम व विवेक पर निर्भर रहना चाहिए, मन के मन जैसी क्यों हो?

मैं स्वच्छन्द पक्षी की भाँति विचारों के आकाश में तैरता कब वापस रिसोर्ट के गेट पर आ खड़ा हुआ बिलकुल भी ज्ञान नहीं रहा। प्रातः जब मैं भ्रमण हेतु निकला तो यहाँ के प्राकृतिक सौन्दर्य को अधिकतम अपने मन-मस्तिष्क में बैठा लेना चाहता था। लेकिन वापस लौटते समय बिलकुल उलट था। मेरे मन-मस्तिष्क में सिर्फ सपना थी। लौटते समय मार्ग में क्या-क्या दृश्य निकल गये, मुझे कुछ भी याद नहीं रहे।

मैं दिन-भर अनमना-सा रहा। शेष दिन वैवाहिक कार्यक्रमों में शामिल रहा, किन्तु मन बार-बार सपना की निकटता की ऊष्मा व स्पर्श को याद कर रोमाँचित हो उठता।

अगली प्रातः का इंतजार करते हुए रिसोर्ट के आरामदायक शैया पर सपना के स्वप्न-लोक में विचरण करता रहा। उसका सुन्दर हँसमुख चेहरा, चंचल नेत्र, मेरे प्रति उसका लगाव या कहूँ उसका आमंत्रण का भाव, उसके साथ निर्जन स्थान पर मिली निकटता और स्पर्श का सुख। यादों के इंद्रजाल में तैरता नींद की गोद में समा गया। मैं अपनी सुन्दर पत्नी और बच्चों को आज भूल-सा गया था।

परिस्थितिजन्य प्रगाढ़ता

दूसरे दिन भोर होते ही मेरे पाँव अनायास ही सपना के घर की ओर बढ़ने लगे। एक तो मेरे मन में गोवा की जीवन-शैली तथा वहाँ के लोगों के बारे में जानने की लालसा थी तो दूसरा मेरा लालची मन सपना से मिलने के लिए उतावला था। कुछ देर मैं उसके घर के भीतर था। लेकिन मुझे यह जानकर झटका लगा कि सपना प्रातः स्कूल चली गयी है। साथ ही उसने घर वालों से बताया कि सपना ने कहा है कि जब मैं घर पर आऊँ तो मुझे नाश्ता कराया जाए और दिन के खाने तक रोके रखा जाए। वह दोपहर तक लौटकर आ जाएगी, तब दिन का खाना हम लोग सब मिलकर ही खायेंगे।

मैंने उसकी बड़ी बहन से नाराज होते हुए कहा, ''अरे! उसको डॉक्टर ने बेड रेस्ट बताया था और उसे अकेले इधर-उधर जाने की मनाही थी। कब उसे

चक्कर आ जाए निश्चित नहीं है। यह मैंने आपको कल बताया था, फिर भी आपने उसे स्कूल जाने दिया। यदि रास्ते में बेहोश हो गयी तो?''

घर में खामोशी छा गयी। उसकी बूढ़ी माँ ने संकोची भाव में उत्तर देते हुए कहा, ''बेटा! हमने मना किया था, उसने ज़िद पकड़ ली कि वह स्कूल नहीं पहुँची तो बच्चों को उसका विषय कौन पढ़ायेगा। फिर प्राइवेट स्कूल में वे लोग उसकी पे भी काट लेते हैं।''

उसने कुछ क्षण रुककर पुनः कहा, ''पूरे घर का जिम्मा भी तो उसी के ऊपर है।''

मैंने आक्रोश सहित कहा, ''आपको उसकी तनख्वाह की पड़ी है, डॉक्टर ने कहा था कि जब तक रिपोर्ट न आ जाए, उसका अकेले इधर-उधर जाना खतरनाक होगा। क्या वह दवा साथ लेकर गयी है?''

उसकी बड़ी बहन ने न में उत्तर दिया।

''मुझे अभी उसके स्कूल जाना होगा। उसे कभी भी चक्कर आ सकते हैं। डॉक्टर ने कहा था कि चक्कर आने की फीलिंग हो तो दवा मुँह में डाल लें और वह बेवकूफ बिना दवा के ही स्कूल चली गयी।''

सब घर वाले मुँख लटकाकर चुप थे। मैं दवा लेकर उसके स्कूल की ओर चल दिया। अब मुझे स्कूल का रास्ता पता था। मैं छोटी-छोटी पहाड़ियों पर चढ़ता उसके स्कूल की ओर चल पड़ा। स्कूल पहुँचते ही जिसकी मुझे आशंका थी वही हुआ। उसे दो बार कुछ मिनटों के लिए चक्कर आया था। वह एक कुर्सी पर निढाल बैठी थी। मुझे देखकर उसने उठने का प्रयास किया। मैंने तुरन्त आगे बढ़कर उसका बाँह थाम पुनः कुर्सी पर बिठाते हुए कहा, ''सपना! जब तुम्हें कल डॉक्टर ने आराम करने के लिए तथा दवा खाने के लिए कहा था, फिर भी तुम इतनी चढ़ायी चढ़कर स्कूल क्यों पहुँच गयी?'' मैंने साधिकार प्रश्न किया। वह कुछ देर बड़ी - बड़ी आँखों से मुझे घूरती रही और मुस्कुराती रही। बोली, कुछ भी नहीं।'' मैं उसकी आँखों की भाषा को पढ़ सकता था। मैंने उसे चक्कर से बचने की दवा खाने को दी।

वह धीरे-से बोली, ''मुझे यह तो विश्वास था कि आप मेरे घर पर जरूर आयेंगे क्योंकि आपको मेरी चिन्ता जो है। लेकिन स्कूल तक आ पहुँचेंगे यह नहीं सोचा था।''

उसने एक मीठी-सी मुस्कान और चंचल नेत्रों से देखते हुए कहा।

मैंने उसको लगभग फटकारते हुए कहा, ''चुपचाप दवा खाओ! मुझे पता था, इतनी चढ़ाई चढ़ने से चक्कर आ सकते हैं और तुम्हारे घरवाले भी कैसे हैं, तुम्हें अकेले ही स्कूल भेज दिया?''

''नहीं! मैंने ही स्कूल आने की जिद की थी। आप जानते हैं कि मेरा स्कूल आना कितना जरूरी था।''

''अरे! जब ठीक रहोगी तभी तो स्कूल आओगी।''

वह चुप हो गयी। मैंने तुरन्त ही उसके प्रधानाध्यापक से बात की और उसको लेकर घर की ओर ढलान पर उतरने लगा। हालाँकि अब वह ठीक थी, फिर भी मैंने उसका बाँह थाम रखा था। पगडण्डी दो-तीन फिट चौड़ी थी। हम दोनों सटकर ही चल सकते थे। मैंने खामोशी तोड़ते हुए कहा, ''सपना! अब ठीक लग रहा है।''

उसने सुरीले स्वर में उत्तर दिया, ''आप साथ हैं तो, क्यों नहीं ठीक लगेगा। अब मैं बिलकुल ठीक हूँ।''

मैं मुस्कुराया। फिर मैंने बात आगे बढ़ाते हुए कहा, ''सपना! तुमने शादी नहीं की?''

उसके जीवन के बारे में नितान्त व्यक्तिगत प्रश्न कर डाला। दो दिन की निकटता के कारण मैं यह प्रश्न करने का साहस जुटा पाया था। मैं उसके जीवन के बारे में और अधिक जानना चाहता था।

उसने संक्षिप्त उत्तर दिया, ''नाथ जी! मेरे ऊपर घर का भार है। मैं शादी कैसे कर सकती हूँ। पाँच लोगों का परिवार है। विकलांग भाई है। बूढ़े माँ-बाप हैं, अविवाहिता बड़ी बहन है, छोटी बहन को पढ़ाना है।''

इसी बीच में वह कुछ लड़खड़ायी, मैंने उसे तुरन्त सँभाला।

मैंने कहा, ''तुम बिलकुल ठीक हो जाओगी, कल तुम्हारी सी टी स्कैन की रिपोर्ट मिल जायेगी और उसके अनुसार तुम्हारा आगे का इलाज प्रारम्भ हो जाएगा।''

इस तरह के धीरज दिलाने वाले शब्दों से उसे शक्ति जरूर मिली होगी

और अपनेपन के शब्दों व स्नेह-स्पर्श से कष्ट कुछ देर के लिए तो दूर हो ही जाता है।

वह मुझसे सटकर चल रही थी, क्योंकि मैंने उसे पीछे-से अपनी बाँह से पकड़ रखा था। मैंने उसके चेहरे की ओर देखा। उसकी आँखें डबडबा रही थीं। मेरे उसकी ओर देखते ही वे छलक पड़े। मैंने स्नेह से उसके आँसुओं को पोछा। वह मुस्कुराई मानो बुझती बाती को नेह रूपी तेल मिल गया हो।

मैंने सपना से कहा, ''हम लोग बैठकर कुछ देर आराम कर लें और कुछ बातें भी हो जाएँगी।''

उसने सहमति में सिर हिलाया।

पगडण्डी से हटकर एकान्त में एक पेड़ के सहारे हम दोनों आराम से बैठ गये। अपराह्न की सुनहरी धूप वृक्ष की सघन छाया से छन-छन कर आ रही थी। मैं निःसंकोच उसके निकट बैठकर उसके हाथों को अपने हाथों में लेकर सहलाने लगा। मैंने उसका चेहरा ऊपर उठाते हुए पूछा, ''अब तो तुम ठीक लग रही हो?''

वह कुछ पल मुझे देखती रही और फिर उसने कहा, ''नाथजी! आप कहाँ से मेरे जीवन में आ टपके? हम कल मिले और आज इतने निकट हो गये। आप मेरे लिए सचमुच देवदूत बनकर ही आए हैं। इसमें ईश्वर का कुछ चमत्कार अवश्य है।''

मैंने उसके हाथों को धीरे से दबाते हुए मुस्कुराहट के साथ कहा, ''अरे नहीं! यह तो सँयोग था। तुम भी तो कितनी अच्छी हो, अच्छे लोगों की सहायता करने ईश्वर किसी को जरूर भेजते हैं।''

उसने तपाक से उत्तर दिया, ''यानी कि आप अपने को देवदूत मान रहे हैं?''

मैंने कहा, ''तुम ही तो कल से मुझे देवदूत-देवदूत कह रही हो।''

हम दोनों खिलखिला पड़े। उसने अपना सिर मेरे कंधे में रख दिया। उसका हाथ मेरे हाथों में था। मैं उसके कोमल बालों से आ रही सुगंध का आनन्द ले रहा था। मैं रोमाँचित हो उठा। उसकी प्रतिक्रिया को प्रेम आमंत्रण समझते हुए मैं उत्साहित हुआ। मैंने उसके चेहरे को अपने दोनों हाथों में भर लिया और

आनन्दातिरेक में उसके गुलाबी कोमल होंठों पर एक दीर्घ चुम्बन अंकित कर दिया। उसने कोई विरोध नहीं किया; परन्तु उत्तर में प्रतिचुम्बन भी नहीं दिया।

इस प्रेम की डगर में असीम आनन्द था, अजीब आकर्षण और सम्मोहन था, शरीर को पुलकित करने वाला पल था। उस यौवना का पुष्ट, गदराया, मादक शरीर मेरी गोद में था। उसका सहयोगी व्यवहार देख मेरा लालची मन उसे और अधिक प्यार से सिरोबार करना चाह रहा था। मेरे हाथ उसके यौवन की ऊँचाईयों व गहराईयों को नापने में व्यस्त थे।उसके हाथ व मेरे हाथ एक हो गये थे। एक ही तापमान, एक-सी हरकत, एक-सी चपलता। उसके प्रतिचुम्बन देने के सुख की अपेक्षा यह सुख मुझे अधिक रोमाँच दे रहे थे। उसका मुझ पर विश्वास बढ़ता जा रहा था।

मैंने धीरे से पूछा, ''तुम्हें अब कैसा लग रहा है?''

वह चपलता से हँसी, ''मैं क्या कहूँ? मेरी तबियत तो आपके कारण खराब हो रही है लेकिन...?'' उसने अपना मुख मेरे सीने में छुपा लिया।

स्त्री का मन भी कितना कोमल होता है, कितना अंधा होता है और जीवन की गति बड़ी मनमानी होती है। वह मुझे उसी स्थान पर क्यों ले गयी, जहाँ सपना को आना था? हम कल मिले, संयोगवश, निकटता बढ़ी उसकी अस्वस्थता के कारण। आज दोनों इतने निकट थे। पुरुष का लंपट मन तो स्त्री को देखते ही कामुक हो जाता है। एकान्त में उसका साथ पाते ही, पता नहीं सब भूल-सा क्यों जाता है? यदि कोई अंकुश, कोई रोक-टोक न हो तो उसके वासना के ज्वार को रोकना कठिन है। लेकिन सपना के अन्दर मेरे प्रति कौन-सा राग उमड़ पड़ा था।

नारी भी तो नारी होकर अंततः है तो मनुष्य ही। मानवीय गुणों की कामना वह क्यों न करे? क्या यह हक हम पुरुषों को ही प्राप्त है? हर एक मानव के अन्दर प्रेम की एक आग, एक तमन्ना या चाहत होती ही है, उसमें कुछ न कुछ वासना की मात्रा भी होती है, कितनी होती है? कह नहीं सकता, फिर भी उसमें निर्मल भावनाओं की मात्रा कम नहीं होती है।

मेरा मन उसे और अधिक प्यार करना चाह रहा था, और अन्दर का विवेकी मन रोक रहा था। आग और पानी में एक को चुनना था। मैंने उसकी आँखों में आँखें डालकर देखा उसके प्रेम के आमंत्रण को समझ रहा था। मेरे उबाऊ गृहस्थ जीवन में यह प्रसन्नबदनी चिलचिलाती धूप में ठण्डी छाँव की तरह थी। उसका

भावपूर्ण आमंत्रण व मुस्कान मुझ पुरुष के अन्दर हलचल मचाकर उसे उत्साहित करने के लिए पर्याप्त था। मैं उसके उन्मत, उन्मुख यौवन को आँखों से पीता रहा, स्पर्श से रोमाँचित होता रहा।

मेरा अन्तः करण का प्रेम कलश लबालब भर गया था।

कुटिल मन

दोपहर हो चुकी थी। मैं सपना के साथ उसके घर के अन्दर आ पहुँचा। घर के सभी सदस्यों ने हम दोनों को घेर लिया। जूली ने आगे बढ़कर सपना को थामा और बिस्तर पर बैठा दिया। उसने बड़ी कृतज्ञतापूर्ण दृष्टि मुझ पर डालते हुए पूछा, ''क्या सपना को फिर चक्कर आया था?''

मैंने उत्तर दिया, ''जी हाँ, सपना को तो मेरे स्कूल पहुँचने से पहले ही चक्कर आ चुका था। वह तो दवा भी साथ नहीं ले गयी थी, यह तो अच्छा हुआ कि मैं अपने साथ दवा भी लेकर चला गया था। लेकिन अब उसकी तबीयत बिलकुल ठीक है। फिर भी आप लोगों को इसे स्कूल नहीं भेजना चाहिए था।'' उसकी बूढ़ी माँ की आँखों में आँसू थे, वह धीरे से बुदबुदायी, ''अब क्या होगा? इसके इलाज का क्या होगा?''

मैं खामोश सुन रहा था। उसकी बड़ी बहन जूली कुछ देर में काफी बनाकर ले आयी। उसने सपना को और मुझे काफी दी। मैं भी शारीरिक रूप से थक चुका था। मैं मात्र एक दिन पुरानी जान-पहचान वाला ''आज उनके घर का महत्वपूर्ण सदस्य बन गया था। मैं सबको सांत्वना देते हुए कहा, ''चिन्ता की बात नहीं है। कल सी-टी व ब्लड की रिपोर्ट मिल जाएगी, उसी के आधार पर इलाज शुरू हो जायेगा।''

सपना अब बिस्तर पर लेट गयी थी और कुछ ही देर में वह सो गयी। शायद दवा का असर होगा।

उसके बूढ़े पिता ने चिन्तित होकर कहा, ''बेटा पूरा घर तो सपना ही चलाती है, कहीं कोई बड़ी बीमारी हुई, हमारे लिए तो इलाज कराना भी कठिन हो जायेगा। आपको हमने परेशान किया, लेकिन आपको तो ईश्वर ने ही भेजा है।''

मैंने उन्हें समझाने के प्रयास से कहा, ''आप क्यों परेशान हैं? ईश्वर एक रास्ता बन्द करता है तो दूसरा खोलता भी है। सपना ठीक हो जायेगी। मैं तो अभी यहाँ दो दिन हूँ और खाली भी हूँ। मैं कल मरियम को डॉक्टर के पास लेकर जाऊँगा, उसकी रिपोर्ट के आधार पर दवा दिला दूँगा, बस।''

मैंने उन सबकी चिन्ता को दूर करने के उपक्रम में कहा, लेकिन मैं उनकी चिन्ता कितनी दूर कर पाया, कह नहीं सकता। बहरहाल सपना अब सो रही थी। हमने उसे जगाना ठीक नहीं समझा। उसकी बड़ी बहन जूली ने मुझसे कहा, ''सपना ने आपके लिए खाना बनवाया है, आप खाकर ही जायें।''

मैं सुबह से बिना नाश्ते के ही निकला था। श्रम के कारण मैं थक गया था और भूख भी लग गयी थी। मैंने हामी भर दी। मैं चाह रहा था कि सपना भी हमारे साथ खाना खाये, परन्तु वह सो रही थी।

मैंने खूब चाव से मछली-भात खाया, मुझे मछली अच्छी लगती थी, जिस पर कल चर्चा हो चुकी थी। जूली ने बड़े मनोयोग से मुझे खाना खिलाया। साथ ही रोटी नहीं बनाये जाने पर खेद जताया। मैंने उसके खाने की खूब तारीफ की।

इस घर के बारे में मुझे जो समझ आया था, वह यह था कि जूली पूरे घर के कामों को सँभालती थी और सपना बाहर के काम को देखती थी। सपना के वेतन से परिवार पलता था। बूढ़े निष्क्रिय माता-पिता के साथ में एक विकलांग भाई, स्कूल जाती छोटी बहन। यह पूरा घर इन दोनों बहनों के सहारे चलता था। जूली जो कम पढ़ी-लिखी थी, पूरे घर को सँभालती थी। खाना बनाना, घर की सफाई, कपड़े धोना, प्रेस करना आदि सभी काम वह करती थी अर्थात यह छोटा-सा परिवार इन दोनों बहनों के सहारे चल रहा था। आस-पड़ोस में दो घर थे, जिसमें से एक घर में एक बूढ़े दम्पति रहते थे, उन्हें भी मरियम और जूली के सहायता की दरकार रहती थी। जूली बता रही थी कि एक और पड़ोसी है जिसका एक छोटा-सा परिवार, जिनके तीन बच्चे भी रहते हैं। वह पड़ोसी बड़ा ही शक्की मिजाज का और बेहूदा किस्म का है। जूली के घर वाले उससे दूर रहने का प्रयास करते हैं। यहाँ गाँव के घर पास-पास नहीं थे, जैसे मेरे प्रान्त उत्तराखण्ड में होते हैं, अर्थात गाँव में सभी घर एक साथ पास-पास होते हैं और खेत दूर होते हैं; परन्तु यहाँ पर हर एक के घर उसके ही खेत में बने थे। अर्थात घरों के बीच काफी फासला था।

कुछ देर में सपना की छोटी बहन स्कूल से लौट आयी। उसने मेरी ओर ध्यान से देखा, मैंने उसकी ओर मुस्कान के साथ देखा। उसने कोई प्रतिक्रिया नहीं दिखायी। उसने एक बार पलंग पर सोयी सपना को ध्यान से देखा और भीतर की ओर भाग गयी। उसको शायद लगा होगा कि यह व्यक्ति आज फिर क्यों आ गया या वह यह सोचती होगी कि यह मेरे लिए चॉकलेट क्यों नहीं लाया?

जो भी हो, मैंने सोचा कल मैं फिर आऊँगा तो जीनत के लिए चॉकलेट जरूर लाऊँगा। मैं खाना खाने के बाद रिसोर्ट जाने को हुआ। सपना अभी भी सोयी हुई थी। मैं बुझे कदमों से रिसोर्ट लौट आया।

मैं दिनभर के वैवाहिक कार्यक्रमों में व्यस्त रहा, लेकिन कुछ-कुछ लम्हों के बाद सपना की छवि मेरे मानस नेत्रों में आ उभरती। इसी बीच मेरी पत्नी का कई बार फोन आया, लेकिन मैं संक्षिप्त में बात कर फोन काटता रहा। कहीं मन के कोने में चोर रहा होगा।

यह शृंगार लोभी मन पत्नी रूपी लगाम के हटते ही अनियंत्रित होकर भागने लगा था। शायद उस मन को यह ज्ञान नहीं कि अनियंत्रित घोड़ा खाई में भी गिर सकता है, लेकिन कभी-कभी स्वतंत्र रहने में अलग ही प्रकार का आनन्द आता है। घोड़ा कितना ही अनुशासनशील क्यों न हो, कभी-कभी लगाम रहित होकर घूमना तथा हरी दूब में इधर-उधर मुँह मारना उसे भी पसन्द है। तब मेरे मन की स्थिति सम्भवतयः ऐसी ही थी। मैं इस संयोगवश मिले अवसर और स्वतंत्रता का पूरा लाभ उठाना चाहता था।

क्या मैं सपना के स्वास्थ्य के प्रति वास्तव में चिन्तित था? और क्या मैं यह सब परोपकार व कर्तव्यपरायणता के अधीन कर रहा था? या इसके पीछे मेरा काम लोभी मन का स्वार्थ था? जो भी हो, सपना मेरे मस्तिष्क में छायी हुयी थी।

विचारों का संयम

तीसरे दिन सुबह आठ बजे पुनः मैं सपना के घर में उपस्थित था। सपना की स्थिति में कोई विशेष सुधार नहीं हुआ था, अलबत्ते वह चल-फिर रही थी। उसके माँ-बाप मेरा ही इन्तजार कर रहे थे। मेरे पहुँचते ही सबसे पहले उसकी माँ ने मेरा स्वागत करते हुए मुझे प्रेमपूर्वक बैठाया। सपना ने मेरा स्वागत एक

मुस्कान के साथ किया। मैंने भी उसको गहरी आत्मीयता के साथ देखा और कहा, ''सपना! अब पहले से ठीक लग रही हो।''

''हाँ! परन्तु सिर में कभी-कभी दर्द उठता है।''

मैंने कहा, ''नौ बजे तक डॉक्टर आ जाते हैं। नाश्ता कर लो। तैयार हो जाओ। हम दोनों चलते हैं, सी०टी० की रिपोर्ट भी आ गयी होगी।''

सपना तैयार होने भीतर चली गयी।

जूली एक मुस्कान के साथ चाय-बिस्कुट लेकर मेरे सामने खड़ी थी।

''नाथ जी! आप मरियम को तुरन्त डॉक्टर के पास ले जाएँ, यह रात-भर सो नहीं पायी है। सिर दर्द, सिर दर्द कहती रही है। मैंने रात में कई बार इसके सिर पर तेल और बाम से मालिश किया पर ज्यादा अन्तर नहीं पड़ा। आप देवदूत बनकर हमारे परिवार में आए हैं। हमारा पूरा परिवार ही आपका सदैव ऋणी रहेगा।'' उसने क्रॉस का चिन्ह अपनी छाती पर बनाते हुए कहा।

तभी उसके पिता ने कहा, ''बेटा, सपना ही हमारा सहारा है, इसका ठीक से इलाज जरूरी है। हमारे पास पैसा तो है नहीं, परन्तु जरूरत पड़ी तो घर बेचकर भी उसका इलाज कराएँगे।'' वृद्ध की आँखें छलछला उठीं।

मैं क्या कह सकता था। बस उनकी परेशानियाँ सुनता रहा। सपना तैयार हो कर बाहर आ चुकी थी।

कुछ ही देर बाद हम दोनों हॉस्पिटल जाने के लिए तैयार थे। हम दोनों गाँव की पगडण्डी से होते हुए सड़क की ओर चल दिये। गाँव की सड़कों पर टैक्सी मिलना कठिन था। हाँ, कुछ देर में हमें बस मिल गयी।

हॉस्पिटल पहुँचकर हमें पता चला कि डॉक्टर दो घण्टे बाद आयेंगे, रिपोर्ट भी तभी आ पायेगी। हमें इन्तजार करना था।

मैंने सपना से कहा, ''चलो तब तक किसी रेस्टोरेण्ट में बैठकर चाय पीते है।'' हम अब एक खाली पड़े रेस्ट्राँ में बैठे थे। सुबह का समय था, इसलिए भी अभी रेस्टोरेण्ट खाली था। हम दोनों एक कोने में जा बैठे।

सपना ने शरारत भरी नज़रों से कहा, ''आप जानबूझ कर मुझे खाली रेस्त्राँ में लाये हो?''

मैंने उसकी पीठ पर धीरे से धौल जमायी और अपनी ओर खींच लिया। वह भी मेरे और करीब आ गयी। मैंने बात आगे बढ़ाते हुए कहा, ''आज तो तुम और अधिक सुन्दर लग रही हो।''

उसने मुस्कुराते बिना लाग-लपेट के व्यंग किया, ''मस्का लगाकर कल की तरह करना चाहते हो।''

मैंने उत्तर देने के स्थान पर वही किया जो मैं चाह रहा था या कहूँ जो हम दोनों चाह रहे थे।हम दोनों परस्पर आलिंगित हो गये। मैंने उसे अपनी भुजाओं में लपेटकर वक्ष से दबोच लिया। आज वह कल से अधिक प्रसन्न व स्वच्छन्द पंछी लग रही थी। वह और ऊँचाइयों में उड़ जाना चाहती थी, जहाँ मधुर संगीत हो, कानों में मिश्री घोलने वाले शब्द-रस हों। शरीर को पुलकित करने वाले प्रकरण हों। आज वह अपार सुख पा जाना चाहती थी।

आज उसने मेरे चुम्बनों का प्रतिचुम्बन दिया। लगता था, जैसे उसे बीमारी के गम्भीर होने का पूर्वानुमान हो गया हो और वह अल्प-अवधि में प्रेम का पूरा प्याला पी लेना चाहती हो।

यहाँ पर प्रेम के दरवाजे तो खुले थे, किन्तु छत व दीवारें बाधक थी, चाय बाधक थी। हम चाय पीते रहे, बातें होती रहीं। बीमारी के बोझिल क्षण जैसे सब तिरोहित हो गये।

उसने मेरी नज़रों से नज़रें गड़ाकर कहा, '' नाथजी! मुझे आज क्या हो रहा है? मैं तो आज शर्म व लज्जा भी भूल गयी। काश! मैं एकदम ठीक होती तो आपको गोवा की एक से एक खूबसूरत जगह घुमाती। समुद्र की लहरों में ले जाती, नारियल का पानी पिलाती। चर्च व मंदिर दिखलाती।''

मैंने कहा, ''अगली बार जब आऊँगा तब हम घूमने जाएँगे।''

''क्या अकेले आओगे? पत्नी व बच्चों को नहीं लाओगे?'' उसने चुटकी ली।

''गोवा के सिवाय कहीं जाना होगा तो उन्हें ले जाऊँगा।''

उसने फिर शरारत की, ''क्यों? यहाँ मैं जो हूँ?''

एकाएक उसने पूछा, ''आप क्यों मुझे मिले।आप तो कल चले जाएँगे फिर

मेरा ख्याल कौन रखेगा।''

मैंने तपाक से कहा, ''मैं तुम्हारी हर तरह से सहायता करूँगा।''

''यह सम्भव नहीं। क्यों झूठी दिलासा दे रहे हो? संयोगवश हम मिले, अंततः आप एक सैलानी हैं, कल उड़ जाओगे।''

इस तरह बातों ही बातों में दो घंटे कब व्यतीत हो गये, पता ही नहीं चला। यह देह का आनन्द भी कितना आकर्षक है।इसे प्रेम कहना कठिन है। जो रिश्ते प्रेम से शुरू होते हैं, उसमें कभी देह आ सकती है! लेकिन जो रिश्ते देह आकर्षण से ही शुरू हुए हों, उसमें प्रेम पनपने की गुंजाइश कितनी होगी?

अब हम हॉस्पिटल के अन्दर थे। कुछ इन्तजार के बाद हम दोनों डॉक्टर के पास बैठे थे। डॉक्टर ने उसकी रिपोर्ट देखी। उसके चेहरे के भाव गम्भीर हो गए थे। उसने एक बार सपना की ओर देखा, फिर मेरी ओर देख कर कहा, ''मैंने रिपोर्ट देख ली है, आप अकेले मेरे साथ अन्दर आएँ। आपसे कुछ बात करनी है।'' डॉक्टर बिना प्रतीक्षा किए अपने भीतरी कक्ष में चला गया। डॉक्टर के पीछे जाने से पहले मैंने सपना के कन्धे पर सांत्वना-भरा हाथ रखा और तेजी से डॉक्टर के भीतरी कक्ष में प्रवेश कर गया। डॉक्टर ने पूछा, ''आप मरीज के कौन हैं? मेरे कहने का तात्पर्य है आप मरीज के रिश्ते में क्या लगते हैं?''

मैंने उत्तर दिया, ''मैं सपना का दोस्त हूँ। क्या बात है डॉक्टर साहब?''

डॉक्टर ने बिना लाग-लपेट के साथ कहा, ''सपना सीरियस है। उसके सिर में ट्यूमर अन्तिम स्टेज पर है। तुरन्त आपरेशन जरूरी है। ऑपरेशन में देरी हुई तो उसको बचाना कठिन होगा, यदि बचा भी ली गयी तो उसके शरीर के कुछ अंग काम करना बन्द कर सकते हैं।''

मैं कुछ कहने की स्थिति में नहीं था। मैंने पूछा, ''ऑपरेशन में क्या परेशानी है डॉक्टर साहब?''

उन्होंने कुछ क्षण सोचने के बाद कहा,''दो परेशानियाँ हैं। एक तो ऑपरेशन के लिए विशेषज्ञ शल्य चिकित्सक की जरूरत है, जो मेरे हॉस्पिटल में नहीं है। आपरेशन या तो किसी बड़े हॉस्पिटल में कराना होगा या विशेषज्ञ चिकित्सक को यहाँ बुलाना पड़ेगा।''

मैंने व्यग्रता पूवर्क पूछा, ''दूसरी समस्या क्या है?''

''दूसरा यह कि ऑपरेशन में लगभग तीन से चार लाख का खर्चा आएगा। मैं तो सुझाव दूँगा कि आपरेशन दो-तीन दिन के अन्दर ही हो जाए। जितनी देर होगी कॉम्प्लिकेशन बढ़ते जायेंगे। तब आपरेशन के बाद उसके कुछ अंग बेकार भी हो सकते हैं।''

''डॉक्टर, ऑपरेशन और रोग की गम्भीरता रोगी को बताने में कोई दिक्कत तो नहीं है।''

''बताना तो पड़ेगा ही, परन्तु रोग की गम्भीरता से पूरी तरह अवगत कराना मरीज के लिए ठीक न होगा। उससे रोगी की इच्छाशक्ति कमजोर हो जाती है।''

मैंने पुनः पूछा, ''डॉक्टर साहब! मैं तो मरीज का दोस्त हूँ, मेरी जानकारी के मुताबिक मरीज की आर्थिक हालत ठीक नहीं है। इतनी बड़ी धनराशि का इंतजाम शायद ही कर पाए। कुछ और उपाय नहीं है?''

मैंने बड़े असमंजस व संकोच के साथ पूछा। डॉक्टर ने गम्भीरता से कहा,''आप मरीज की हालत की गम्भीरता को नहीं समझ रहे हैं। अच्छा तो यह होता कि आज-कल में ही ऑपरेशन हो जाता, पर न तो विशेषज्ञ चिकित्सक अभी उपलब्ध हैं, न आपके पास धन। इसलिए आप एक-दो दिन में पैसों की व्यवस्था करें। मैं डॉक्टर की व्यवस्था करता हूँ। मैं प्रयास करूँगा कि कम से कम में काम हो जाये। फिर भी ढाई लाख तो शुरुआत में पहले जमा करने होंगे।''

इतना कहकर जाते-जाते उसने कहा,''जैसे ही व्यवस्था हो जाए मुझे फोन कर लेना।''

वह कक्ष से बाहर दूसरे मरीज को देखने चला गया।

मैं अवाक-सा डॉक्टर को जाते देखता रहा और कुछ देर बैठा सोचता रहा कि सपना को क्या बताया जाए, क्या नहीं? निराश-सा हो मन्द गति से बाहर सपना के सामने आ बैठा। तभी उधर से डॉक्टर निकले, वह ठिठककर रूके और सपना को देखकर कहा,''आप ठीक हो जाएँगी, मैंने आपके दोस्त को सब कुछ बता दिया है, मैंने कुछ दवाएँ लिख दी हैं, उन्हें नियमित खाते रहें, घर से बाहर अकेले न निकलें।''

डॉक्टर ने एक बार मेरी ओर देखा और वह तेजी से वह वार्ड की तरफ निकल गया।

सपना ने मेरे कन्धे पर हाथ रख कर पूछा,

''नाथजी! बीमारी गम्भीर है न? मैं समझ चुकी हूँ।'' शायद वह मेरे मुरझाये चेहरे एवं बदले भाव से समझ गयी थी।

मैंने बुझे शब्दों को कुछ संयत करते हुए कहा, ''सब ठीक हो जाएगा। अभी घर चलते हैं, वहीं सब बातें करेंगे।''

मेरे व्यवहार और शब्दों में पहले जैसी ऊष्मा न थी। वह मेरा मुख देखती रही, किन्तु मैं अधिक देर उससे नज़रें मिलाये न रख सका। मैंने बात बदलते हुए कहा, ''तुम बैठो, मैं टैक्सी लेकर आता हूँ।''

उसने कोई उत्तर नहीं दिया।

मैं बिना कुछ कहे ही, टैक्सी लेने, हॉस्पिटल के बाहर निकल गया।

बाहर कुछ दूर चलकर मैं एक पेड़ के तने के सहारे खड़ा हो गया और आँखें मूँद कर नयी विषम परिस्थितियों पर विचार करने लगा।

मेरी कल दोपहर में दिल्ली लौटने की फ्लाइट थी। इधर मैं सपना से प्रगाढ़ता बढ़ा बैठा था। क्या करूँ? सपना को क्या, कैसे और कितना सच बताऊँ? बताऊँ भी कि नहीं; परंतु बिना बताये काम चलना नहीं।

एकबार मेरा स्वार्थी मन सोचने लगा कि कहाँ झमेले में पड़ गया तू, मेरी कुटिल बुद्धि ने कहा- भाग जा यहाँ से, तेरा इनसे क्या लेना-देना है। तूने इतना कर दिया, बहुत है, उसका चेकअप करा दिया है, उसमें सात -आठ हजार खर्च भी कर दिया है। दो दिन के पुराने अकस्मात मिले लोगों के लिए इससे अधिक और तू क्या कर सकता है? तभी मुझे अपने घर की याद आ गयी। मेरी पत्नी कल शाम को मेरे लौटने का इन्तजार कर रही होगी। गिफ्ट की आशा लगाये बैठी होगी। मैंने उसके लिए कुछ खरीदा भी नहीं।वह पूरे विवाह का वृतांत भी जानना चाहेगी और मैं इधर कौन से झमेले में पड़ा हूँ। घर जाते ही मेरे लिए बहुत सारे काम उसने इकट्ठा करके रखे होंगे। बिजली का बिल, बच्चों की फीस, मेरे ऑफिस के काम। सब एक साथ मेरे मस्तिष्क में हथौड़े की तरह वार करने लगे। मैं एक लड़की से रोमाँस के चक्कर में पड़ सब भूल-सा गया था। मुझे कल जाना ही होगा। मैं अपना जाना स्थगित नहीं कर सकता हूँ। कुछ मिनटों तक पेड़ के तने पर पीठ टिकाए आँखें मूँदकर खड़ा का खड़ा रहा। स्वार्थी कुटिल मन ने

कहा-चुपचाप रिसोर्ट चले जा। तू बाल बच्चेदार है। बस बहुत हुआ।

तभी विवेकी मन बोला, ''नहीं, ऐसी स्थिति में किसी बीमार को रास्ते में छोड़ना अमानवीय है? सपना की विकट बीमारी जानने के पूर्व तो तेरा स्वार्थी व लम्पट मन उसके मदमाते शरीर के लिए लालायित था। कुछ देर पहले उससे लिपटा पड़ा था। अब बीमार जानकर उसे रास्ते पर ही छोड़ भागना चाहता है?''

तभी मुझे किसी ने हिलाया, मेरे सामने सपना खड़ी थी। ''नाथजी! क्या हुआ? मैं देर से इन्तजार कर रही थी, मैंने सोचा, धीरे-धीरे बाहर तक आ जाती हूँ।''

मैं अचकचाते हुए सीधा खड़ा होकर बोला, ''अरे! तुम बाहर क्यों आ गयी? टैक्सी वाले को बुलाया है, वह आ ही रहा होगा।'' मैंने झूठ बोला था।

''वे तो सामने ही हैं?''

''हाँ, हाँ मैं अभी लाता हूँ'' मैं टैक्सी लेने तेजी से चला गया, लगा जैसे मेरी चोरी पकड़ी गयी हो।

थोड़ी देर में हम दोनों टैक्सी में बैठ सपना के घर की ओर जा रहे थे।

कुछ दूर तक खामोशी के क्षण थे। मेरी खामोशी देख सपना ने ही बोलने की पहल करते हुए कहा, ''नाथजी! डॉक्टर ने क्या बताया? आप बड़े खामोश हो गये हैं। कुछ देर पहले तो आप खूब चहक रहे थे, मुझे साफ-साफ बताइए।''

मैंने अचकचाते हुए कहा, ''अरे नहीं! घर चलते हैं, वहीं पर सब बातें होंगी।''

''नाथजी! आप मुझे साफ-साफ बताओ। मैं जानती हूँ, मेरी बीमारी गम्भीर है। घर में सबके सामने बताने पर सब दुःखी हो जाएँगे। उन्हें जितना बताना उचित होगा, उतना ही बतायेंगे।''

उसने मेरा हाथ झिंझोड़कर कहा।

मैं क्या बताता? किन्तु बताये बिना काम नहीं चलता। क्या बताऊँ? एक बार मन में आया कि बस इतना बताऊँ कि डॉक्टर चाहते हैं कि शीघ्र आपरेशन करना होगा, बस। फिर मैं तो कल चला ही जाऊँगा। तुरन्त ही विवेकी मन ने कहा- ये लोग तुझपर विश्वास करते हैं, सच बताने में अनुचित क्या? फिर भी

ऊहापोह था कि किस तरह कहूँ।

सपना ने पुनः मेरा हाथ अपनी ओर खींचकर कहा, ''चुप क्यों हैं बताइए?''

मैंने सान्त्वना व स्नेह मिश्रित शब्दों के साथ कहा, ''सपना! तुम्हारा सोचना ठीक है। तुम्हारे सिर में ट्यूमर है, जिसका आपरेशन जरूरी है। डॉक्टर ने कहा है कि आपरेशन से सब ठीक हो जाएगा। डॉक्टर साहब चाहते हैं कि आपरेशन शीघ्र किया जाय, अन्यथा देर होने से शरीर में और अधिक कॉम्प्लिकेशन आ सकते हैं; परन्तु तुरन्त आपरेशन करने में दो समस्याएँ हैं।''

मैं कुछ क्षण के लिए रुका। सपना ने कहा, ''नाथजी! मेरा जीवन ही समस्या है। आप कुछ न छुपायें और कैसी कॉम्प्लिकेशन की बात कह रहा था डॉक्टर?''

मैंने मन्द स्वरों में उसे बताया, ''ऐसा है, सपना! पहला तो अभी उनके हॉस्पिटल में इस आपरेशन के लिए विशेषज्ञ शल्य चिकित्सक उपलब्ध नहीं हैं जिसका उन्हें प्रबन्ध करना है दूसरा...।'' मैं चुप हो गया।

सपना ने कहा, ''आप संकोच क्यों कर रहे हैं, नाथजी!''

मैंने कहा, ''नहीं, संकोच की बात नहीं है।''

''कोई बात नहीं! मैं इतनी नासमझ नहीं हूँ। कितने लाख का खर्च बताया, डॉक्टर ने?'' उसने तपाक से कहा।

मैंने उसके हाथों को अपने हाथों में लिया और अटकते हुए कहा, ''डॉक्टर साहब ने कुल खर्च लगभग तीन -साढें तीन लाख का बताया है।''

यह सुनते ही अचानक उसने मेरे हाथ से अपना हाथ खींच लिया। मैंने उसकी ओर देखा। उसने अपना मुँह फेर लिया था।

अब मैं क्या कहूँ, शब्द ढूँढ़ रहा था, किन्तु शब्द मिल नहीं रहे थे। मैंने उसके कन्धे पर हाथ रखा परंतु बिलकुल अनुत्साहित व अनुभूति रहित-सा। मेरे मुँह से अर्थहीन से शब्द निकले, ''घर चलकर बात करते हैं।''

''और कहाँ जा सकते हैं। घर जाना भी उचित होगा कि नहीं? अभी तो मैं ही बीमार हूँ, वे इतना ही जानते हैं। अगर यह सब जान गये तो न मालूम और

कौन-कौन घर में बीमार हो जाएगा?''

''ऐसा क्यों कहती हो?'' मेरे स्वर ठण्डे थे।

उसने पूछा, ''डॉक्टर ने क्या कहा था, यदि आपरेशन में देरी हुई तो क्या कॉम्प्लिकेशन हो सकते हैं।''

मैंने न सुनने का-सा बहाना बनाया; परन्तु उसने अपने हाथ से मेरा मुख जबरदस्ती अपनी ओर मोड़ा और अपना सिर ऊपर कर प्रश्न का उत्तर चाहा।

मुझे बताना पड़ा, ''सपना! डॉक्टर ने कहा है, यदि ऑपरेशन में अधिक देर हुई तो सफल ऑपरेशन के बाद भी मरीज के शरीर के कुछ अंग काम करना बन्द कर सकते हैं।''

उसने पुनः मेरी ओर मुख मोड़ लिया। पता नहीं, कुछ सोचती रही फिर झटके से मेरी ओर मुड़ी और मेरे हाथों को अपने हाथों में पकड़ हाथ जोड़कर बोली, ''नाथजी! आपकी वापसी की फ्लाइट कब है?''

मैंने कहा, ''कल दोपहर में।''

''ठीक है। हम दो-तीन दिन के अन्तरंग मित्र रहे। आपने देवदूत की भाँति मेरी सहायता की, हॉस्पिटल का खर्चा भी आपने उठाया जिसे मैं आज लौटाने की स्थिति में भी नहीं हूँ।लगता है इस जन्म में तो लौटा भी नहीं पाऊँगी।''

उसकी आँखें भर आयी। उसने रुँधे कंठ से कहा,

''मैं कितनी अभागिन हूँ। भगवान ने मुझे न खुल्लम-खुल्ला प्यार करने का अधिकार दिया, न अवसर ही दिया।''

मैं भी काफी देर बाद कुछ भावुक-सा हो गया था। मैंने स्नेहिल स्वर में कहा, ''सपना! तुम चिन्ता न करो, तुम ठीक हो जाओगी।''

उसने रुँधे स्वर में कहा, ''कठिन है! फिर भी मेरा देवदूत कह रहा है कि मैं ठीक हो जाऊँगी तो ठीक है; परन्तु मैं आपसे एक और अन्तिम सहायता माँगती हूँ।''

उसने एक कतार दृष्टि मुझ पर डाली।

मैं सोचने लगा, पता नहीं अब कौन सा सहयोग करना होगा। कल मुझे

जाना है। कहीं रुकने के लिए न कहे या पैसों की व्यवस्था के लिए न कहे। कहा गया है -''सुन्दर स्त्री के प्रेम में पड़े पुरुष को कई कष्ट उठाने ही पड़ते हैं, इसमें संशय नहीं।''

लेकिन मेरा तो कोई इतना लम्बा प्रेम प्रसंग नहीं था। यह सब परिस्थितिजन्य ही हो पड़ा था; परन्तु जैसे भी हुआ हो। मैंने परिस्थितियों का एक कामी पुरुष की भाँति लाभ उठाने का पूरा प्रयास तो किया ही था।

मैंने कहा, ''हाँ, कहो!''

''नाथजी! मेरी बीमारी की गम्भीरता के बारे में आप मेरे घर में कुछ भी नहीं बताएँगे। आपरेशन होना है, यह तो बिलकुल नहीं बताएँगे। न ही इसपर आने वाले खर्चे के बारे में ही कुछ बतायेंगे। आपको यह याद रखना है कि भूल से भी आप के मुँह से कुछ न निकले। आप वादा करो।''

''लेकिन ऐसा क्यों? उन्हें तो अंततः बताना ही पड़ेगा।''

''नाथजी! आपने मेरे घर की आर्थिक स्थिति देखी ही है। दो बूढ़े माँ-बाप, एक जवान अविवाहिता बहन, इलाज के लिए तरसता भाई और एक नादान छोटी बहन। इन सब का एकमात्र सहारा मैं हूँ। जब मेरी इस बीमारी की खबर उन्हें होगी तो क्या होगा? वे जीते जी मर जाएँगे।''

सपना कुछ देर टैक्सी के बाहर तेजी से निकलते जा रहे दृश्यों को निहारती रही जैसे उसके जीवन की घड़ियाँ तेजी से निकल रही हों।

मैं किंकर्तव्यविमूढ़ था।

उसने मेरी ओर मुड़कर देखा। मैं उसकी डबडबाई आँखों को देख सकता था। उसने कहा, ''नाथजी! आप घर पहुँचकर मेरे घर वालों को सिर्फ इतना बताएँगे कि मैं ठीक हूँ। डॉक्टर ने दवा दे दी, जिसे मैं खाकर ठीक हो जाऊँगी। इसके अतिरिक्त आप उन्हें कुछ नहीं बताएँगे।''

''लेकिन इससे क्या होगा?''

''आप नहीं समझ रहे हैं? यदि उन्हें पता चल गया कि मेरी बीमारी गम्भीर है और उसमें तीन- चार लाख का खर्चा है तो शायद वे इसे सहन नहीं कर पाएँगे या वे उनका जो सिर छिपाने का एकमात्र आसरा घर है, को बेचकर मेरे इलाज में लगा देंगे। तब वो सब कहाँ सड़क पर मारे मारे फिरेंगे। मैं अकेली मर भी गयी तो

उनके पास घर का आश्रय तो रहेगा। जीवन तो किसी न किसी तरह कट ही जाएगा।''

मैं यह बात उसके पिता के मुँह से सुन चुका था कि सपना का इलाज किसी भी हालत में कराना होगा। भले ही उसके लिए उन्हें अपना घर ही क्यों न बेचना पड़े।

मुझे यह बात छुपाने में कोई फर्क पड़ने वाला नहीं था। मैंने सहमति में सिर हिलाया और चुप रहा।

मैं सोच में था- मैं कुछ और कहने की स्थिति में नहीं था। सपना मुझसे कोई बड़ी अपेक्षा तो नहीं कर रही है? मैं अपने इस तीन दिन के पुराने मित्र को इतनी बड़ी राशि कैसे दे सकता था? यदि मैं देना भी चाहूँ तो भी मुझे अपनी पत्नी को बताना पड़ेगा क्योंकि मेरी बड़ी बचत का धन उसके साथ संयुक्त रुप में जमा था। मैं अपनी इन रंगरलियों को भला कैसे उजागर कर सकता था। फिर अब उस बीमार शरीर से ज्यादा लगाव ठीक नहीं था। मैं जो कर सकता था, कर दिया। मैंने मन ही मन ठान लिया था कि अब मैं इस चक्र में ज्यादा नहीं उलझूँगा।

न जाने मन क्या-क्या सोचता रहा। कुछ घण्टे पहले तक जिस सपना के अंग-प्रत्यंग से मैं मादकता भरा आकर्षण महसूस कर रहा था, अब वह शरीर मुझे मुसीबत-सा नज़र आ रहा था।

लोभी, कामी, लंपट स्वार्थी पुरुष मन।

दोपहर ढलते हम दोनों घर पहुँच चुके थे। घर के सभी सदस्य एकत्र हो गये। आज जीनत भी स्कूल नहीं गयी थी, किन्तु आज फिर मैं उसके लिए चॉकलेट नहीं लाया था। वह मुझे देर तक घूरती रही। मैंने एक बार उससे दृष्टि हटायी परन्तु दुबारा देखा वह तब भी मुझे ही देखे जा रही थी।

शायद वह सोच रही होगी कि यह व्यक्ति क्यों रोज - रोज हमारे घर आकर मरियम को साथ ले जाता है या यह कि मेरे लिए चॉकलेट भी नहीं लाता है या कुछ और? मानो जीनत के लिए अपने मन में ऐसे विचार लाना मेरे मन का चोर हो!

जूली ने मुझसे पूछा, ''नाथ जी सपना की रिपोर्ट आ गयी? डॉक्टर ने क्या बताया?''

मैंने सपना की ओर देखा, उसकी भावहीन आँखें मुझे एकटक देख रही थीं।

मैंने धीरे से कहा, ''सब ठीक है! डॉक्टर ने दवा लिख दी है, आप उसे देते रहें, सपना ठीक हो जाएगी।''

सपना ने मेरी ओर कृतज्ञता भरी दृष्टि से देखा और लम्बी साँस छोड़ते हुए वह कुर्सी पर पसर गयी। पूरे घर में एक खुशी की सी लहर दौड़ गयी। जूली सपना से जा लिपटी और उसके बूढ़ी माँ-बाप मेरे करीब आकर मेरा धन्यवाद ज्ञापित करने लगे, क्योंकि मैं उनके घर एक देवदूत बनकर आया था। उन्हें विश्वास था कि अब सपना ठीक हो जाएगी।

मैं कैसा देवदूत था, जो सच भी नहीं बोल सकता था? और जब कल इन्हें इस देवदूत का झूठ पता चलेगा तो, क्या ये ईश्वर से न कहेंगे कि उन्होंने क्यों ऐसा झूठा देवदूत उनके घर भेजा?

अजीब आशंका और एक अपराध बोध ने मुझे घेर रखा था। संयोगवश बन पड़े अल्प समय के प्रेम प्रसंग का आरम्भ यह है तो परिणाम क्या होगा? समस्या सामने आयेगी और तेरा स्वप्न भंग हो जाएगा। तब फूलों-सा सुख चुभने वाले कांटे भर रह जायेंगे। किसी को मित्र मान लेने से उस मनुष्य की अपेक्षाएँ बढ़ जाती हैं, वह सर्वस्व-समर्पण की आशा रखता है। सपना भी कुछ ऐसा सोचती होगी। मैं अपने को ऐसी स्थिति में नहीं डाल सकता था।

जूली प्रसन्न होकर गर्म कॉफी बनाकर ला चुकी थी और मैं सिर झुका कर पी रहा था। जहाँ एक ओर पूरे घर में एक खुशी का वातावरण बन गया था। वहीं मेरे और सपना के हृदय में एक दूसरा ही शूल गड़ रहा था। कुछ पल ऐसे ही बीत गए। मुझे रिसोर्ट वापस भी जाना था, लेकिन मैं कैसे कहूँ, शब्द खोज रहा था और कुर्सी में बैठा इधर-उधर करवट बदल रहा था। सपना को मेरी स्थिति को समझने में देर नहीं लगी। तीन दिन में ही वह मेरे भावों को पढ़ने लगी थी।

वह मेरे करीब आयी और उसने एक हल्की-सी मुस्कान के साथ मुझे थोड़ा अलग आने को कहा, ''देवदूत! आपने जो मेरे लिए किया, वह मैं और मेरा परिवार कभी भूल नहीं पाएंगे। आपके कई ऋण मुझ पर हैं, जिन्हें मैं इस जन्म में तो बिलकुल भी नहीं चुका पाऊँगी क्योंकि पता नहीं मैं कितने दिन जीवित रहूँगी। लेकिन अगले जन्म में उनको उतारने का प्रयास करूँगी। आपको रिसोर्ट भी

जाना है।सब लोग आपको न पाकर चिन्तित होंगे। कल आपकी वापसी की फ्लाइट भी है। आपके बाल -बच्चे, पत्नी घर में इंतजार कर रहे होंगे। मैं और मेरा घर तो समस्याओं से सदा ही घिरा रहेगा, आप इधर रुके तो हमारी अपेक्षाएँ, अभिलाषाएँ आपसे बढ़ती ही जाएँगी। हमारे बीच जो भी क्षणिक मित्रता बनी उसकी मैं ही दोषी हूँ। आपने मुझे जीवन के अन्तिम क्षणों में उस प्रेम रस से भी सराबोर कर दिया जो अभी तक मुझमें अपर्याप्त था। किन्तु उसके बदले भी मैं आपको एक बीमार शरीर और अधूरा प्रेम ही सौंप सकी। ईश्वर ने इतना समय भी नहीं दिया कि मैं इस तुच्छ शरीर का सम्पूर्ण समर्पण अपने नाथ को कर पाती। दुर्भाग्य ने यहाँ पर भी मेरा साथ नही छोड़ा। आप इस प्रसंग को बिलकुल भूल जाना और अब आप कल सुबह प्रातःभ्रमण में भी यहाँ मत आना।''

उसकी आँखें डबडबा चुकी थीं लेकिन उसने बोलना जारी रखा,''आप परिवार वाले बाल-बच्चेदार हैं मैं आपके मूलदायित्वों के बीच पड़कर आपके गृह-कलह का कारण नहीं बनूँगी। आपकी प्रतिबद्धता अपने परिवार के प्रति है, न कि मेरे प्रति।''

वह फूट पड़ी। आँखों से पहाड़ी स्रोतों की भाँति जलधारा बह निकली। मैंने उसका हाथ अपने हाथ में लिया और धीरे से चूमते हुए कहा,''सपना, तुम ठीक हो जाओगी। मैं आगे भी तुम्हारी सहायता करने का प्रयास करूँगा।''

उसने रोते-रोते कहा,''मेरे मृत्प्राय बंजर जीवन में नेह बर्षा का क्या लाभ? मेरा जीवन कुछ दिन का है। आपको हमने देवदूत कहा है। बस इतनी इच्छा है कि आप मेरे परिवार के लिए ईश्वर से दुआ माँग लेना, वह आपकी जरूर सुनेंगे। ईश्वर ने मुझे प्रेम करने का एक अवसर दिया भी तो वह कैसा? और कब! जब मेरे पास जीवन ही शेष नहीं बचा। भाग्य ने मुझे प्रेम देने में इतनी कंजूसी क्यों की होगी? मुझे अपने पर क्रोध आ रहा है।''

''मैं दर्पण पर प्रतिबिम्बित हो रहे चाँद को वास्तविक चंद्रमा मानकर एक बालिका की भाँति प्रसन्न थी, किन्तु ऐसा चाँद सच्चा चाँद कैसे हो सकता था? चाँद तो अपनी गति से आगे बढ़ जाएगा, तब दर्पण पर उसका अश्क कहाँ रह जाएगा? यही मेरे साथ भी हुआ। नाथ जी! मैं आपकी भी अपराधिनी हूँ, और आपकी पत्नी की भी। मैंने अपने जीवन के अन्तिम क्षणों में सचमुच के देवदूत को भी कलंकित करने का प्रयास किया। मैं कितनी स्वार्थी हूँ, अपने क्षणिक सुख की चिन्ता कर रही हूँ और जिसे मैं देवदूत कह रही हूँ उसकी परेशानियों की मुझे

कोई चिन्ता नहीं है मुझे तो आपसे जितना मिलना था मिल चुका है। मेरे अल्प जीवन में इतना ही प्यार काफी है, अधिक लेने के लिए न तो मेरे पास समय है नहीं मेरा हक है। सच्चा प्रेम निःस्वार्थ होता है। स्पर्श सुख की लालसा के कारण मैं अपने देवदूत को शर्मिंदा नहीं होने दूँगी। बस अब यह सोचते ही मेरी सारी परेशानियां समाप्त हो गयी है और मुझे अपना मार्ग अब साफ दिखाई देने लगा है। अवश्य ही आपके दर्शन और आपके स्पर्शसुख से वंचित हो कर मेरा मन तड़पेगा; किन्तु कितने समय तक? अब तो यही तड़पन मेरी दूसरी पीड़ा की तड़पन को कम कर देगी। विष की काट भी तो विष ही होता है न? नाथ जी?''

उसने आंसू पोंछे और पुनः बोली,'' माँ- पिताजी को भी मैं अपनी बीमारी और उस पर आने वाले तीन- चार लाख के खर्च की बात नहीं बता सकती हूँ। अगर मैंने ऐसा किया तो वे घर बेचने को तैयार हो जाएंगे और उनके सिर पर से एक मात्र पुराने घर का साया भी समाप्त हो जाएगा। डॉक्टर बता ही रहे हैं कि अगर ऑपरेशन में देर हुई तो शायद मैं अपंग, अंधी या कुछ और रूप से विकलांग हो सकती हूँ। इस तरह मेरे परिवार में एक अभागा विकलांग पहले से ही है फिर मैं दूसरी। घर का आश्रय भी छीन जाता। अतः मैंने ऑपरेशन न कराने का निश्चय कर लिया है और जीवन से मुक्ति का मार्ग चुन लिया है। मैं जीवन से हार गयी हूँ, मृत्यु जीत रही है। मैं ऐसा महसूस कर रही हूँ मैंने अब तक लड़ने का प्रयास किया अब मैं इससे लड़ना नहीं चाहती हूँ। आप भी मुझे क्षमा कर देना आपने मेरे लिए इतना समय निकाला, मेरे साथ रहे, एक देवदूत की भाँति। आपने मेरे इलाज में भी जो भी खर्च किया उसे भी मैं इस जन्म में देने की स्थिति में नहीं हूँ। आप मेरे लिए अब अधिक चिंतित ना हों। मैं समझ चुकी हूँ कि अपने जीने के दूसरों के लिए मरने में अधिक आनंद है।''

उसकी आँखों से झरझर आंसू निकल रहे थे।

उसने अपने आंसूओं को पोंछा और नकली मुस्कान चेहरे पर लाते हुए मेरा हाथ पकड़ कर अपने घर वालों के सामने ला कर खड़ा किया और बोली,''नाथजी को वापस रिसॉर्ट जाना है, कल दोपहर में इनकी दिल्ली वापसी की फ्लाइट है। हम सब इन्हें धन्यवाद के अलावा कुछ भी नहीं दे सकते हैं।आप हमारे परिवार के दिलों में सदा रहेंगे।''

जूली ने आगे बढ़ कर कहा, ''हम आपका उपकार कभी नहीं भूलेंगे आपने हमारी मरियम का इलाज कराया। वह शीघ्र ठीक हो जायेगी। मैं आपसे विनती

करूँगी कि जब कभी आप गोवा आयें तो मरियम और हमसे मिलने जरूर आना। मैं तब आपको मछली के साथ रोटी भी खिलाऊँगी।''

मेरी आँखों में पहली बार आँसू भर आए थे, वह यह सोचकर कि मैं कभी गोवा आ पाऊँगा? और आ भी गया तो क्या सपना जिन्दा होगी? यदि नहीं तो झूठ के साथ इनका सामना कैसे करूँगा?

तभी पीछे से सपना की सबसे छोटी बहन जीनत की कोमल आवाज आयी, ''देवदूत! आपके लिए मेरा ''थैंक यू'' कार्ड। आप बहुत अच्छे हैं, लेकिन आप मेरे लिए चाकलेट नहीं लाये, नेक्स्ट टाइम जरूर लाना।'' उसने अपने हाथ से बनाया हुआ सुन्दर पेंटिंग किया कार्ड मुझे दिया।

मैंने डबडबाई आँखों से उसे देखा और उसके सुकोमल माथे को चूम लिया और इतना ही कह पाया, ''थैंक्यू जीनत, सपना का ख्याल रखना।''

जीनत ने आश्चर्य के साथ उत्तर दिया, ''कौन सपना?''

सपना और मुझको छोड़ सब खिलखिला पड़े। उसको तो पता ही न था कि उसकी मरियम को मैं सपना कहता था। मरियम ने उसे सीने से लगा लिया और बोली, ''मुझे ही देवदूत ''सपना'' भी कहते हैं।''

जीनत ने सपना का मुखड़ा अपने छोटे से हाथों में भर लिया और कहा, ''अच्छाऽ! देवदूत की सपनाऽ!''

यह दृश्य देखकर मेरी आँखों से आँसू टपक पड़े और मैं वहाँ रुका न रह सका। सब की तरफ हाथ जोड़कर घर के बाहर निकल आया।

कुछ कदम चला ही था कि मुझे किसी के पीछे आने के पदचाप साफ सुनायी दिये। मैं रुका और मैंने पीछे मुड़कर देखा, सपना और जीनत भी रुक गये।

मैंने उनके निकट आकर रुँधे गले से कहा, ''सपना! अब मुझे जाने दो।'' उसकी आँखें भर आयीं, भीगी पलकों से मैंने उसका अन्तिम चुम्बन लिया, मेरे आँसू उसके गालों पर बह रहे आँसुओं से जा मिले। निःशब्द। आँसुओं की क्षमता कभी-कभी शब्द और स्पर्श से भी अधिक हृदय को छूने वाली होती है। मैंने जाते-जाते जीनत का माथा थपथपाया और तेज कदमों से गाँव के बाहर जाती लम्बी पगडण्डी को लम्बे-लम्बे कदम से नापता सपना के नज़रों से अदृश्य हो

गया।

दोपहर ढलते मेरे अनुत्साहित बोझिल कदम रिसोर्ट में लौट आए। मैं सीधे अपने कक्ष में घुसकर बिस्तर पर जा पसरा। दोराहे पर खड़ा मन पता नहीं कैसा-कैसा हो रहा था, बिलकुल अव्यवस्थित। आज की रात मेरी गोवा की आखिरी रात थी। कल 12:30 बजे घर वापसी की फ्लाइट थी। रिसोर्ट में वैवाहिक कार्यक्रमों की आज अन्तिम रात, सायं सात बजे से ही मेहमान कार्यक्रम स्थल पर एकत्र होने लग गये थे। आज सब खुश थे कि शादी के सभी माँगलिक कार्यक्रम सुन्दर तरीके से सम्पन्न हो चुके थे। अब आज की यह पार्टी एक कॉकटेल पार्टी थी। नाच-गाना, डांस और मुफ्त असीमित शराब अर्थात वैवाहिक कार्यक्रमों का मस्ती भरा समापन।

शाम से देर रात तक जबरदस्त कॉकटेल पार्टी होती रही, खाना- पीना, बल्कि यह कहूँ कि खाना कम था, पीना ज्यादा। तरह- तरह का डांस, तरह -तरह की ड्रिंक, आज सब लोग अपने वास्तविक चरित्र में दिख रहे थे।

मुझे देखते ही मेरी साली मुझ पर बरस पड़ी, ''जीजाजी! आप दिन भर कहाँ थे? किसी भी माँगलिक कार्य में दिनभर आप दिखायी नहीं पड़े, तबीयत तो ठीक है? कहीं कल रात को आपने ज्यादा तो नहीं पी ली थी।''

मैंने मुस्कुराते हुए कहा, ''अरे नहीं! बिलकुल ठीक हूँ। मैं जरा गोवा घूमने निकल गया था। दोपहर तीन बजे लौट आया।''

उसने नाराजगी भरे स्वर में कहा, ''आप बता कर तो जाते, मैं तो परेशान हो गयी थी और दीदी को फोन करने ही जा रही थी कि आप दिख गए।''

''नहीं नहीं! कोई बात नहीं, मैंने सोचा तुम लोग पूजा कार्यक्रमों में व्यस्त हो, मैं खाली हूँ, तो गोवा ही क्यों न घूम लूँ।''

उसने कहा, ''चलिए, यह भी ठीक किया आपने। अब आप आइये, ड्रिंक लेकर मेरे साथ डांस करने आइए।''

''ठीक है।'' मैं ड्रिंक डेस्क की तरफ चल दिया।

देर रात तक पार्टी चलती रही। मैंने आज खूब शराब पी और तब तक डांस करता रहा जब तक मैं थककर निढाल नहीं हो गया। शायद मैं अपने मन -मस्तिष्क की उलझनों को भूल जाना चाहता था और शराब का सहारा ले रहा था।

हाँ, मुझे इतना जरूर ख्याल रहा कि मेरी इस छोटी-सी प्रेम कहानी के सम्बन्ध में कोई बात मेरी जबान से न निकल जाये। यह तो अच्छा हुआ कि नशे की हालत में भी मेरे मुँह से इस विषय में कुछ नहीं निकला, अन्यथा बात मेरे घर तक पहुँच जाती। मेरे सभी रिश्तेदार आज मेरे बिलकुल अलग तरह के व्यवहार को देखकर चकित जरूर थे, लेकिन किसी ने इसलिए ध्यान नहीं दिया कि आज तो पीने और डांस करने का दिन है। पीने के शौकीन लोग खूब शराब पी रहे थे और अधिकतम इन्ज्वाय करना चाह रहे थे।

दूसरी ओर मेरी सालियाँ खुश थीं कि आज जीजाजी पार्टी का पूरा मजा ले रहे हैं। पिछले दो दिन से मैं बड़ा अनमना-सा जो था। जब मेरी पार्टी में ठहरने की क्षमता नहीं रही तो मुझे गिरता पड़ता मेरे कक्ष तक छुड़वाया दिया गया। बिस्तर पर गिरते ही मैं सो गया। शायद यही मैं चाहता भी था।

मेरी आदत थी कि भले ही रात को कितनी देर से क्यों न सोऊँ प्रातः साढ़े पाँच बजे के आसपास जग ही जाता था और मैं जग चुका था। जगते ही पहला विचार मेरे मस्तिष्क में यही आया कि प्रातः भ्रमण में जाऊँ कि न जाऊँ और जाऊँ भी तो सपना के घर तक जाऊँ कि न जाऊँ? हालाँकि सपना के घर से मेरी विदाई तो कल ही हो चुकी थी लेकिन मन उचट रहा था।

आज के कार्यक्रमों के बारे में सभी मेहमानों को पहले ही सूचित कर दिया गया था कि आज प्रातः दस बजे रिसोर्ट से चेक आउट करना है। प्रातः नौ बजे ब्रेकफास्ट होगा। दस बजे सभी मेहमान अपने-अपने सामान के साथ स्वागत कक्ष में उपस्थित होंगे। दस -दस पर लग्जरी बसें सभी मेहमानों को लेकर हवाई अड्डे की ओर रवाना हो जायेंगी। कुल साठ-सत्तर मेहमान रहे होंगे, कुछ कारें भी थीं।

मैं घूमने जाऊँ न जाऊँ के ऊहापोह में था।मैंने मन बहलाने के लिए टेलीविजन आन किया। टेलीविजन में एक महाराज जी का प्रवचन चल रहा था "जो नाशवान है, उसके प्रति लिप्सा न रखें। जब तक जीना है धर्म से, शान्ति से ईश्वर के प्रति समर्पण से जियें। सत्-चित... आनन्द की अनुभूति हो। जो सूक्ष्म है वह जीवित है, जो स्थूल है, वह नाशवान है। मैत्री, स्नेह, उपकार, सौहार्द ही जीवित रहता है। पुण्य, व धर्म ही साथ जाता है। प्रेम कोई तुच्छ वस्तु नहीं है। प्रेम महान है, प्रेम उदार है अर्थात वह प्रेमियों को भी महान व उदार बनाना चाहता है। प्रेम की सीमा असीम है..., प्रेम त्याग करना सिखाता है, सर्वस्व त्याग, आत्म-

त्याग…। सब के कल्याण हेतु अपनी व्यक्ति इच्छाओं का त्याग करना ही मनुष्य का सर्वोच्च आदर्श है…। स्वयं को ईश्वर द्वारा पृथ्वी पर भेजा देवदूत समझकर मानव कल्याण के लिए कार्य करना चाहिए। आत्मकेंद्रित न होकर समाज के प्रति अपना कर्तव्य पालन करना चाहिए। भौतिक व बौद्धिक शक्ति से आत्मिक शक्ति सदा श्रेष्ठ है। जो प्रतिपादित किया जा सके उसे चरितार्थ भी कर दिखाना होगा…, परोपकार…। आदि-आदि, पता नहीं क्या-क्या?

मैं इस प्रवचन के शब्द-जाल में उलझ कर रह गया था। मैत्री, स्नेह, उपकार सबके कल्याण हेतु अपनी व्यक्तिगत इच्छाओं का त्याग… । जो प्रतिपादित किया जा सके, उसे चरितार्थ करके भी दिखाना होगा। प्रेम महान? प्रेम उदार, प्रेम में त्याग? और क्या-क्या?

किन्तु मुझ विवाहित पुरुष को प्रेम करने का अधिकार भी था? यह प्रश्न अनुत्तरित था।

कैसा शब्दों का भ्रम-जाल मेरे चारों ओर फैल गया। दूसरों के कल्याण के लिए अपने व्यक्तिगत जीवन के आनन्द का त्याग… कोई कैसे कर सकता है? मेरा प्रथम धर्म, प्रथम दायित्व अपने परिवार के प्रति है, न कि किसी और के प्रति। लेकिन मैत्री, उपकार, सौहार्द, पुण्य.., धर्म… कल्याण… , पृथ्वी पर ईश्वर का दूत…।

सपना भी तो यही कहती थी कि आप मेरे लिए देवदूत बनकर आए हैं। क्या मैं सपना और उसके परिवार के लिए ईश्वर के द्वारा भेजा गया एक देवदूत हूँ? एक असहाय निर्धन परिवार और उनकी बीमार पुत्री का क्या सहारा बनने ईश्वर ने मुझे भेजा है? सपना से अनायास मिलना क्या इस बात को नहीं दर्शाता कि यह संयोग ईश्वर द्वारा ही उत्पन्न किया हुआ है। मैं फिर यह भी सोच रहा था कि मैं इतना तो सक्षम हूँ कि किसी बीमार मित्र के लिए तीन-चार लाख तो खर्च कर ही सकता हूँ। यहाँ जहाँ मैं बैठा हूँ, इस रिसोर्ट में जो मेरी साली की शादी हो रही है, मुझे बताया गया था, इस विवाह के आयोजन में लगभग पैंतीस से चालीस लाख रुपए का व्यय का अनुमान रखा गया था।

मैं सोचने लगा, हम कैसे संसार में जी रहे हैं। एक ओर पैसों के अभाव में बीमार लोग मर रहे हैं, सपना के घर वाले किसी भी सूरत में तीन-चार लाख एकत्र नहीं कर सकते हैं और दूसरी तरफ लाखों रुपया लोग अपने ऐशो-आराम

और शराब में खर्च कर रहे हैं? ईश्वर ने संसार में ऐसी असमानता क्यो निर्मित की होगी?

मैं फिर से सोचने लगा - क्या मुझे सपना के लिए कुछ करना नहीं चाहिए? लेकिन मुझे मेरी मर्यादाओं की लक्ष्मण रेखा याद आ जाती। मेरे अन्दर से आवाज आयी - तुझे सपना से प्रेम करते वक्त, उसके मदमाते शरीर से खेलते वक्त अपनी लक्ष्मण रेखा क्यों याद नहीं रही? प्रेम? क्या वह प्रेम था? नहीं, वह मात्र देह का आकर्षण भर था। प्रेम तो मैं अपनी पत्नी से करता हूँ। प्रेम की गली तो अत्यन्त संकरी बतायी गयी है जिसमें दो प्राणी ही एकाकार होकर समा सकते हैं, और तीसरे के लिए कोई स्थान इस गली में नहीं है।

छोड़ो सब बातें, मुझे आज वापस जाना ही है। मैं एक बाल बच्चेदार आदमी हूँ, सपना भी तो यही कह रही थी-,"आपको एक नए दोस्त के लिए अपना घर-बार नहीं उजाड़ना है। आप के घर... ।"

मेरे मस्तिष्क में यह भी बात आयी कि अधिक हुआ तो मैं अपनी पत्नी से बात करके सपना को कुछ पैसे भेज सकता हूँ। लेकिन मेरी पत्नी जो कई बार पैसों के लिए मुझसे किच- किच करती रहती है। हमारी एक लड़की और एक लड़के के भविष्य के लिए चिंतित रहती है। लड़की के विवाह के लिए वह भी इसी तरह के डेस्टिनेशन मैरेज की व्यवस्था करना चाहती है, जिसमें इसी तरह का खर्च आना निश्चित था। ऐसी स्थिति में क्या वह मुझे अनजाने मित्र की बीमारी हेतु चार लाख रुपया परोपकार में खर्च करने के लिए अनुमति देगी? कदापि नहीं।

ऊहापोह में समय बीतता रहा, नहाता- धोता रहा, तैयार होता रहा, सामान बाँधता रहा। कब आठ बज गए पता ही नहीं चला अर्थात नौ बजे नाश्ते के टेबल पर मुझे पहुँचना था। दस बजकर दस मिनट पर हवाई जहाज पकड़ने के लिए हवाई अड्डे के लिए प्रस्थान करना था। साढ़े बारह बजे मेरी दिल्ली की फ्लाइट थी और मुझे गोवा से उड़ जाना था।

मैंने हवाई जहाज की खिड़की से नीचे झाँका। गोवा शहर एक अपरिचित मेहमान- नवाज की तरह मुझे ताक रहा था। मैंने मन ही मन कहा- इसे तो रोज ही इसी तरह ताकते रहना पड़ता होगा।

* * *

गोवा दूर होता गया। जहाज बादलों के ऊपर था सिर्फ काले-सफेद बादल मेरी कल्पनाओं की भाँति चारों तरफ उमड़ रहे थे बिना गन्तव्य जाने, बिना नियंत्रण के हवा के झोंको के साथ इधर-उधर। मैं सोच रहा था कि ये बेवजह तो उड़ नहीं रहे होंगे। कहीं तो ये अपनी ठण्डी बून्दों से किसी को हर्षित करेंगे, किसी सूखते खेत में बरसकर उसे लहलहा देंगे। इनका इस तरह उमड़ना व्यर्थ तो नहीं? तो फिर मैं अपने स्मृति रूपी बादलों को अपने मस्तिष्क रूपी आकाश में कुछ देर तक ही सही क्यों न स्वच्छन्द उमड़ लेने दूँ।

सपना का ध्यान आते ही हृदय धड़कने लगता, उसके साथ बिताये रोमाँस की सुख स्मृतियाँ मन को झकझोर देतीं, मन की सारी वासना मेरे भीतर उमड़ पड़ती। बुद्धि की लगाम निरन्तर ढीली पड़ती जातीं, उस मनमोहनी रमणी के माँसल शरीर के स्पर्श के चिंतन करते ही मेरा रोम-रोम खिल उठता। मन स्वच्छन्द उड़कर उसके चारों ओर लिपट रहा था, उसका आलिंगन कर रहा था। उसके तन के तप्त स्पर्श को मैं अभी भी महसूस कर रहा था।

स्त्री का सुन्दर देह देखकर किस पुरुष का मन नहीं बहक जाता है। क्या ऐसा सोचना हमारे मन के कुत्सित विचार हैं? यह सोचकर इन सबका जिम्मा भी क्या हम स्त्री की सुन्दर देह पर नहीं डाल देते हैं। किसी नारी को पतित करने के लिए भी एक पुरुष का होना तो आवश्यक है।

तन को तमाम बाधाएँ होती हैं। मन को तो कोई बाधा होती नहीं है। जहाँ चाहे जब चाहे उसे पहुँचने में कोई विलम्ब नहीं होता। न समय की बाधा, न दूरी की चिन्ता है।

जैसे-जैसे हवाई जहाज जमीन में उतर रहा था, मेरी भावनाओं और स्मृतियों को भी कठोर धरातल में उतरना पड़ रहा था, जहाँ स्वच्छन्द बाधा रहित आकाश नहीं था। यहाँ तो कठोर पथरीला भूमि थी। जरा-सी असावधानी से गम्भीर पीड़ा हो सकती थी। कठोर पथरीला शरीरधारी यह संसार स्वयं ही बड़ा प्रपंचमयी है। तुझे सँभलकर चलना होगा। सोचकर बोलना होगा।

मुझे दिल्ली पहुँचे दो दिन हो चुके थे।घर में तो कुछ सोचने का मौका ही नहीं मिलता था। आज जैसे ही ऑफिस में अपने एकान्त कमरे में पहुँचा, मुझे गोवा की यादें सताने लगी। मुझे गोवा के उन क्षणों की यादें तप्त ज्वालाओं की भाँति झुलसा लगीं। अन्तरमन में ज्वाला उठने लगी। उद्वेलित हृदय कामों में नहीं

लग रहा था। एक ओर परिवार की ओर से आत्मग्लानि, अपराध-भावना से गुजर रहा था, तो दूसरी ओर मैं एक गम्भीर बीमार मित्र को उसकी सहायता किये बिना ही छोड़कर भाग खड़ा हुआ था। मित्र कौन होता है? जो अपनी पीड़ा भुलाकर भी मित्र की पीड़ा को देख पीड़ित हो उठे, व्याकुल हो उठे। स्वयं पीड़ा उठाकर भी मित्र की पीड़ा का हरण करने का प्रयास करे। गोवा के एकान्त प्रवास के क्षणों में सपना ने जो मूल्यवान उपहार मुझे दिये थे, वह क्या धन देकर खरीदे जा सकते थे? क्या धन देकर कोई देवदूत कहलाता है? क्या मैंने उसे यह वचन नहीं दिया था कि मैं दोस्त की भाँति उसकी सहायता करता रहूँगा। लेकिन मैं क्या कर सकता हूँ। पत्नी से इन सब प्रकरण को किस प्रकार व्यक्त कर सकता हूँ वह मेरे बारे में क्या सोचेगी और कहीं वह मेरे स्वीकारोक्ति से कोई बड़ा कदम न उठा ले। मैंने निर्णय लिया कि आज की परिस्थिति में मैं उसे बताने की स्थिति में नहीं हूँ, किन्तु आर्थिक मदद भी मैं पत्नी के सहयोग के बिना नहीं कर सकता था, क्योंकि जितना भी मेरा इनवेस्टमेण्ट था, वह संयुक्त रूप से पत्नी के साथ था, प्रोविडेण्ट फण्ड से भी मैं यदि एडवांस लूँ तो भी उसमें एक महीने का समय लग जाता अर्थात मैं तुरन्त आर्थिक मदद करने की भी स्थिति में नहीं था।

आज शाम मैं ऑफिस से घर पहुँचा। निढाल सा घर के द्वार पर खड़ा होकर घण्टी बजाने लगा। मेरी पत्नी सावित्री ने द्वार खोला, परन्तु मैं फिर भी घण्टी दबाये जा रहा था। सावित्री नाराज होते हुए बोली, ''अजी! आपके लिए द्वार खुला है, घण्टी बजाना तो छोड़ दीजिए।''

मैंने घण्टी के बटन से झटके से हाथ हटाया, मानो मुझे करण्ट लग गया हो। एक नकली मुस्कान के साथ मैंने घर के भीतर प्रवेश किया। सावित्री भी पीछे पीछे आकर मेरे साथ सोफे पर मेरे बगल में आ बैठी। वह मुझे गौर से देखने लगी। मैं जानबूझकर सावित्री से नज़रें चुराने के उपक्रम में अपनी टाई को ढीला करते हुए गर्दन को इधर से उधर घुमा रहा था।

उसने मुझे घूरते हुए पूछा, ''योगेंद्र! जब से तुम गोवा से लौटकर आये हो तब से कुछ बदले-बदले से लग रहे हो। तुम ठीक तो हो? ठीक से बात भी नहीं करते हो। सरिता की शादी के कार्यक्रमों के बारे में भी तुमने आधी-अधूरी बातें ही मुझे बतायीं? वह भी उखड़े-उखड़े मूड़ में। क्या शादी के दौरान कोई बात वहाँ पर हो गयी थी? शादी में किसी ने आपसे कुछ उल्टा-सीधा तो नहीं कहा? मैं अभी सरिता से फोन करके पूछती हूँ, कोई बात जरूर है, जो आप मुझसे छुपा

रहे हो।''

''अरे! कुछ नहीं। मैं थक गया था, शादी की चहल-पहल, देर रात पार्टी-वार्टी। शायद मैं अन्तिम रात को कुछ ज्यादा ही पी गया था।''

''पहले जब कहीं से आप लौटते थे तो बड़े चाव से वहाँ की कहानियाँ, संस्मरण खूब सुनाते थे। यह शादी तो गोवा जैसी सुन्दर जगह में और वह भी तुम्हारी प्यारी साली की शादी थी; परन्तु तुम उखड़े- उखड़े लग रहे हो?''

''अरे! तुम तो पीछे पड़ गयी हो। ऑफिस से आया हूँ, थक गया हूँ, जाओ पहले चाय पिलाओ, फिर बाकी बातें बाद में होंगी।'' सावित्री मेरे मुँह से निकलने वाले शब्द व मेरे चेहरे के हाव-भाव से ही पहचान जाती थी कि मैं किस मूड में हूँ। मुझे अपनी चोरी पकड़े जाने का डर सताने लगा था। हालाँकि यह कोई ऐसी चोरी नहीं थी, फिर भी पत्नियाँ तिनके को ताड़ बनाने में देर नहीं लगाती हैं।

मनुष्य को जीवन में बहुत से ऐसे काम करने पड़ते हैं, जिन्हें उसने कभी सोचा भी नहीं होता है। अकस्मात कुछ प्रसंग आ खड़े होते हैं, और हमें उसका सामना करना पड़ता है। कभी हम उसमें सफलता पाते हैं, और कभी असफल होते हैं और अपमान सहना पड़ता है या कभी उस प्रसंग में उलझकर रह जाते हैं। मनुष्य कोई प्रसंग आने पर उस किए जाने वाले कर्म में सुख की कामना व खोज सबसे पहले करता है। जबकि कर्म के साथ उसमें धर्म का ध्यान, सबसे पहले रखना चाहिए, अर्थात भले व बुरे प्रतिफल का ध्यान रखना ही चाहिए। सुख के लिए हम धर्म, आचरण व संस्कारों की मर्यादा भंग नहीं कर सकते हैं।

विवाह का कर्म तो सीधे धर्म से जुड़ा है, अर्थात विवाहित होते ही धर्म, मर्यादा, आचरण, समर्पण जैसे अलंकरण मनुष्य को, समाज चाहता है कि धारण करे। विवाहित पुरुष का सम्बन्ध सीधे स्त्री से जुड़ता है। विवाहित नर-नारी को तो बहुत ही सतर्क रहना पड़ता है।

यही भूल मुझसे हो गयी थी। क्षणिक आवेग में मैं एक पर नारी से प्रसंग वश ही प्रेम सम्बन्ध बना बैठा था। हालाँकि यह अल्प अवधि की बात थी और मैंने सभी सीमाएँ भी नहीं लाँघी थी; परन्तु उस परनारी ने मेरे हृदय के एक कोने में स्थान बना ही लिया था। जो मुझे बार-बार उद्विग्न कर उद्वेलित कर रहा था। इस प्रसंग पर धूल की परत जमने में समय लग सकता था या कभी-कभी यह

स्थान संक्रमित होकर गहरा घाव का रूप भी धारण कर सकता था। हाँ, इसमें समय रूपी मरहम और पत्नी रूपी अनुशासन के कारण आवरण पड़ा था; परन्तु आत्मारूपी अदृश्य शक्ति मुझे बार-बार कोसती कि मुझे उस मनुष्य की सहायता करनी चाहिए थी, जिसे मैंने मित्र कहा था। जिसने मुझे जीवन में एक बार सुख दिया था। प्रेम को भूल भी जाएँ तो भी मानवीय संस्कारों के भीतर रहकर मुझे उसका जीवन बचाने का प्रयास करना चाहिए था। उसके लिए मुझे कुछ कष्ट भी झेलना पड़े तो झेलना चाहिए था।

मैं सोचने लगा कि क्यों न यह पूरा प्रकरण अपनी पत्नी को बता डालूँ। भले ही वह कुछ देर के लिए नाराज होगी लेकिन उसके पीछे की भावना को यदि समझ गयी तो वह मुझे और मेरी नादानी को माफ कर देगी। मैं अपनी पत्नी को इतना तो जानता ही हूँ कि वह मेरी बातों पर विश्वास कर लेगी। मैं साफ तौर पर अपनी निर्बलता प्रकट करते हुए भूल स्वीकार कर लूँगा। उससे क्षमा माँग लूँगा। यदि मैंने पश्चाताप करते हुए एक पवित्र भाव के लिए सावित्री को मना लिया तो मेरे मन से अपराध बोध भी सदैव के लिए दूर हो जायेगा। मुझे विश्वास था कि वह मुझे माफ कर देगी। सम्भव है वह सपना के इलाज के लिए पैसा देने के लिए भी तैयार हो जाए। मैं सोचता रहा पर साहस नहीं जुटा पाया।

दूसरे दिन कार्यालय में पहुँचकर मैं सोच रहा था। हालाँकि सुरक्षित राह तो यह थी कि मैं यह सब भूल जाऊँ। अपने मन के उद्गारों को दबा लूँ। सपना के जिन्दा रहने या मर जाने के बारे में सोचना बन्द कर दूँ। उसके परिवार से मेरा अधिक लेना-देना ही क्या है? और क्यों आ बैल मुझे मार, वाली कहावत को चरितार्थ करना चाहता हूँ। तब जबकि मैं अपने पैरों पर एक बार खुद ही कुल्हाड़ी मार चुका हूँ।

वाह रे पुरुष! तुम्हें मौका पाते ही अपने हिस्से का पूरा आनन्द चाहिए, विवाह के बाहर परस्त्री से स्खलन भी चाहिए और चरित्रवान होने का दिखावा भी। तुमने मर्यादा लाँघी है इसमें दो राय नहीं।

मैं इसी विचार शृंखला से जूझ रहा था कि मेरा चपरासी मंगतराम मेरे सामने आ खड़ा हुआ। उसने हाथ जोड़कर कहा,

‘‘साहब! आपसे कुछ प्रार्थना करनी है।’’ मंगतराम मेरे कार्यालय का बड़ा ही विश्वासी, सेवानिष्ठ कर्मचारी था और पूरा कार्यालय उसे पसन्द करता था।

मैंने बिना उसकी ओर देखे हुए कहा, ''हाँ, बोलो!''

''साहब! मुझे प्रोविडेंट फण्ड से एडवांस चाहिए''

''कितना?''

''साहब! चाहिए तो एक लाख; परन्तु अभी पचास हजार से काम चल जाएगा।''

''इतनी बड़ी राशि की क्या आवश्यकता पड़ गयी।'' मैंने पहली बार उसके मुख पर नज़र डालते हुए पूछा।

''साहब! बहुत परेशान हूँ, मेरी लड़की बीमार है।''

''अरे, क्या बीमार है? जो तुम्हें पचास हजार की जरूरत तुरन्त आन पड़ी।''

''साहब! उसके सिर में ट्यूमर है, ऐसा डॉक्टर बताते हैं और कहा है कि उसका तुरन्त ऑपरेशन होना चाहिए। मेरे पास जो पूँजी थी वह उसके इलाज में पहले ही खर्च कर चुका हूँ।''

मैं चुप हो गया। मेरे हृदय के घाव हरे हो गए। सिर का ट्यूमर व ऑपरेशन का नाम सुनते ही मेरे मन-मस्तिष्क में सपना के घर का दृश्य उभरकर सामने आ गया।

मुझे चुप व खोया देख मंगतराम ने जोर से कहा, ''अरे साहब! कहाँ खो गये। मेरी बात तो सुनो।''

मैं एकाएक हड़बड़ाया और अपनी कुर्सी पर सीधा बैठते हुए संजीदगी के साथ पूछा,

''अरे मंगलू! तुमने पहले नहीं बताया कि तुम्हारी लड़की के सिर में ट्यूमर है।अभी कैसी है वह?''

''साहब! ठीक नहीं है। डॉक्टर ने कहा है, जल्दी एक-दो दिन में ऑपरेशन नहीं हुआ तो मर भी सकती है या स्थाई रूप से अपंग हो सकती है। मेरा बड़ा परिवार है, बाल- बच्चे हैं, बचत तो है नहीं। ले देकर एक पी एफ एडवांस के सिवा और कोई चारा भी तो नहीं है।''

‘‘लेकिन एडवांस मिलने में तो पंद्रह से बीस दिन लग जायेंगे।’’

‘‘साहब! जब पैसे मिलेंगे तभी ऑपरेशन करा पाऊँगा, जिन्दा बची तो ठीक है नहीं तो ईश्वर की इच्छा, और मैं क्या कर सकता हूँ।’’

मैं सोच में पड़ गया। यदि मंगतराम की लड़की का ऑपरेशन नहीं हो पाया तो वह बच नहीं पायेगी। यदि बच भी गयी तो वह लड़की जीवन भर अपंगता का बोझ ढोते फिरेगी। इसी प्रकार सपना के परिवार वाले भी यदि चार लाख इकट्ठा न कर पाए तो सपना शायद मर जाएगी। मुझे मंगतराम में सपना का पिता नज़र आने लगा।

मैंने मंगतराम से कहा, ‘‘मंगत! लाओ अपना पी०एफ० एडवांस का फॉर्म। मैं अग्रसारित कर देता हूँ और लेखा विभाग वालों से कह दूँगा कि जल्दी से जल्दी तुम्हारे एडवांस का भुगतान कर दें। लेकिन एडवांस मिलने तक तुम्हारी लड़की को कुछ हो गया तो?’’

‘‘तो साहब! जो भाग्य में होगा वही होगा।’’

मैं अन्दर से द्रवित हो उठा। मैं सोचने लगा... मेरे साथ ही ऐसा क्यों हो रहा है।

मैंने कहा, ‘‘मंगत! देखो, इलाज के बिना तुम्हारी लड़की को कुछ हो जाये यह तो अच्छा नहीं है। तुम ऐसा करो कि मैं तुम्हें पचास हजार दे रहा हूँ। तुम उसका कल ही ऑपरेशन करवा लो। यदि ज्यादा की जरूरत हो तो वह भी ले लेना। बाद में जब तुम्हें एडवांस मिल जाएगा, लेना- देना होता रहेगा।’’

मैंने उसकी प्रतिक्रिया जाने बिना दराज से चेक बुक निकाली और चेक काटकर उसको दे दिया।

मंगलू की आँखें डबडबा गयीं, वह मेरे पैर छूने के लिए झुका, लेकिन मैंने उसे रोकते हुए कहा, ‘‘यह क्या कर रहे हो मंगलू! हम एक साथ काम करते हैं। क्या हम तुम्हारे परिवार के सदस्य की तरह नहीं हैं।’’

मंगलू ने रुँधे गले से कहा, ‘‘साहब! आप तो मेरी पुत्री और मेरे लिए देवदूत बन गए हैं। मैं तो निराश हो चुका था।’’

मैं सोचने लगा- फिर देवदूत! तू कैसा देवदूत? जो एक गम्भीर बीमार को

छोड़कर भाग आया, जिसने अपनी पत्नी के साथ भी छल किया। यहाँ भी देवदूत बनने की कोशिश कर रहा है। एक अमर्यादित काम करने के बाद उसे छुपाने के लिए और अपनी मानसिक सन्तुष्टि के लिए, दया व सहानुभूति का दिखावा कर रहा है।

फिर भी मैंने एक सन्तुष्टि की साँस ली और मन ही मन कहा चलो सपना को तो नहीं बचा सका। प्रार्थना करूँगा कि मंगलू की लड़की का ऑपरेशन सफल हो जाए।

5

कमजोर मूछें

वीरों की धरती राजस्थान के बांदीकुई स्टेशन पर रेलगाड़ी रुकी। श्रीराम शर्मा पकौड़ी लेने स्टेशन पर उतर गया। राजस्थान की पकौड़ी उसे बहुत पसन्द थी, जिसे वहाँ मंगौड़ी भी कहते हैं। विशेषकर मूँग के दाल से भरे गर्म पकौड़े। वह भी सुबह का समय हो तो क्या कहने। ट्रेन सिरकने लगी तो वह शीघ्रता से चढ़ा। अपनी आरक्षित बर्थ वाली सीट पर पहुँचा तो पाया कि पूरी सीटें खचाखच भरीं हैं। जो किताब वह सीट पर छोड़ गया था वह कहीं दिखायी नहीं दे रही थी। शर्मा ने नज़र दौड़ायी। उसकी नज़र सामने की सीट पर बैठे लम्बे, सुगठित बदन व मजबूत हड्डी व कद-काठी वाले दो व्यक्तियों पर टिक गयी। जिनके लम्बे चेहरे, नाक के नीचे घनी ऊपर की ओर उठी तलवार छाप मूछें, जो उन्हें रौबदार बना रही थीं। सिर में विचित्र प्रकार से कई बार लपेटी गयी ऊँची पगड़ी जो उनके लम्बे कद को और अधिक ऊँचा बना रहीं थी। कानों में कुण्डल लटके थे। लम्बे-लम्बे हाथों में लोहे का कड़ा। पाँव में चमड़े के सूखे पुराने बिना डोरी वाला चमरौधा। निचले बदन पर घुटने के ऊपर को सिरकती सफेद किन्तु मटमैली धोती और मजबूत हाथों में था सात फिट लम्बा लट्ठ। श्री राम शर्मा थोड़ा सकपकाया। कुछ क्षणों बाद उसका ध्यान अपनी आरक्षित सीट की ओर गया और उसने देखा कि सीट पर वीर भूमि की चार मजबूत कद काठी वाली सुन्दर रंगबिरंगी पोशाक पहने नारियाँ जम चुकी थीं, जिनमें से एक कुछ प्रौढ़ थी। उसकी उम्र लगभग 40-50 रही होगी। उसने घूँघट से अपने चेहरे को आधे से अधिक ढक रखा था। उसके होठ और ठुड्डी ही दिखाई दे रहे थे। उसकी उम्र

का अंदाजा शर्मा ने उसके हाथों और पाँव को देखकर लगाया था। वह बार-बार इधर-उधर देख रही थी। शायद उसे भान हो गया था कि वह किसी और कि सीट पर बैठी है। लेकिन वह जानबूझकर या संकोचवश कुछ बोली नहीं। उसके ठीक बगल में जहाँ श्री राम खड़ा था, दूसरी नारी बैठी थी, जिसके चेहरे पर लम्बा घूँघट था। उसके सुकोमल हाथ-पाँव व पहनावा देखकर शर्मा ने अनुमान लगाया कि वह 25-30 वर्ष की युवा नारी होगी। झीने घूँघट से उसका चेहरा तो हल्का-सा दिखाई दे रहा था। हालाँकि उसका घूँघट सबसे लंबा था; परन्तु शर्मा की तीखी नज़रें उसके झीने घूँघट के भीतर से झाँककर युवती की आँखों तक पहुँच गयी थीं। शर्मा को अनोखे रोमाँच का अनुभव हुआ। अब वे सब यह समझ चुके थे कि वे दूसरे की सीट पर जबरिया बैठ गए हैं। शर्मा ने जो पुस्तक अपनी सीट पर कब्जा प्रदर्शित करने के लिए रख छोड़ी थी वह युवा नारी व प्रौढ़ा के मध्य कहीं दुबकी पड़ी थी। उसने बिना बोले अपनी सीट की ओर इशारा किया, जहाँ किताब रखी थी। उन्हें समझते देर नहीं लगी। तभी प्रौढ़ नारी ने थोड़ा सरकते हुए कहा, ''आओ, बैठ जाओ।''

उसने अपनी संगिनी से भी दूसरी ओर खिसकने को कहा। जितनी जगह दोनों के खिसकने से बनी थी, उतनी जगह पर बैठ पाना कठिन था। बस इतना था कि किताब दो महिलाओं के बीच में दिखायी दे रही थी। श्रीराम शर्मा ने बड़ी जल्दी में अपनी पुस्तक उठायी और मात्र उस किताब भर के स्थान पर दो नारियों के मध्य में धँसने के असमंजस में था कि मजबूत दृढ़ प्रौढ़ा नारी ने शर्मा को उतनी ही जगह में खींचकर जबरन बैठा दिया। वह सिकुड़ता हुआ किसी तरह उस अल्प स्थान पर धँसकर बैठने का प्रयास करने लगा कि उसकी नज़र सामने की सीट पर बैठे उन नारियों के पुरुष साथी पर पड़ी, जो उसे ही घूर रहा था। वह लम्बा-चौड़ा, बलिष्ठ, ऊँची मूछधारी था। उसने शर्मा को घूरते हुए अपनी लम्बी तलवार छाप मूछों पर हाथ फेरा। अपना लम्बा लट्ठ जमीन में ठोकते हुए शर्मा को अपनी डरावनी छवि से अपनी ओर आकर्षित करने का प्रयास किया और भारी पलकों को दो बार ऊपर किया। उसका इस तरह बैठना उसे कदापि अच्छा नहीं लगा था। शर्मा सकपकाया। उसने एक बार उस प्रौढ़ महिला की ओर देखा जिसने उसकी बर्थ हथियाकर उसे बैठाने का एहसान किया था। वह अपने पुरुष साथी को घूर रही थी। शर्मा घबराकर अपनी किताब लेकर उठ खड़ा हुआ। मूछधारी के होठों पर चौड़ी-सी मुस्कान आ गयी थी। शायद वह प्रौढ़ा का पति होगा। उसने अपनी ऊँची मूछों पर ताव देते हुए उन्हें और ऊपर को उठाया।

शर्मा का दो महिलाओं के मध्य बैठने का स्पर्श सुख का रोमाँच भी हवा हो गया। किन्तु इस बार उस प्रौढ़ा के स्थान पर बायीं ओर बैठी सुन्दर युवती ने शर्मा का हाथ पकड़कर पुनः उसे उसी स्थान पर खींचकर बैठा दिया; परन्तु शर्मा लट्ठ से डरा था और वह अपनी नज़र लट्ठधारी पर उसकी प्रतिक्रिया जानना हेतु गड़ाये था। अब बारी सुन्दर युवती के पति की थी, उसने भी लट्ठ हिलाया और अपनी शानदार तलवार छाप मूछ ऐंठी। शर्मा पहले से ही डरा हुआ था और सोच रहा था कि उस पर अब लट्ठ पड़ने ही वाला है एक तो उन्होंने उसके बर्थ पर कब्जा कर रखा था, दूसरा वे मूछ वाले उसे इशारों ही इशारों में धमका रहे थे। युवती का जवान साथी निश्चय ही उसका पति था। वह उठा और उसने अपनी काली लहरदार मूछों पर ताव दिया, शर्मा का हाथ पकड़कर उसे सीट से उठाने के लिए खींचने ही जा रहा था कि मजबूत कद-काठी वाली सुन्दर नवयुवती ने अपने पुरुष का हाथ पकड़कर ऐंठ दिया और लगभग उसे धक्का देते हुए उसे उसके स्थान पर धकिया कर बैठा दिया। साथ ही उसने अपनी भाषा में जोर से उस युवक से कुछ कहा, जिसे शर्मा नहीं समझ पाया था। इतना समझ गया कि उसे डाँट पड़ी थी, किन्तु वह अपनी मूछों पर अभी भी ताव दे रहा था और शर्मा को घूर रहा था। एकाएक वह सुन्दर युवती उठी और उसने अपने दोनों हाथों से अपने पति की दोनों तलवार छाप ऊपर उठी मूछों को एक साथ नीचे की ओर झुका दिया।

श्रीराम शर्मा हक्का-बक्का था। वह नीची मूछ वाला आदमी अब सिर झुका कर चुपचाप बैठा था।

उस वीरनारी के कारण शर्मा लट्ठ खाने से बच गया था। वह अब वीर भूमि राजस्थान की दो वीरांगनाओं के मध्य सुरक्षित बैठा था। शर्मा ने किताब पढ़ने का बहाना कर अपना सिर दूसरी ओर घुमा लिया ताकि लट्ठ वाले से नज़र ना मिल सके। लेकिन शर्मा ने कनखियों से उसे देखा। उस व्यक्ति ने अपनी मूछें अभी भी ऊपर नहीं उठायी थीं।

एक घण्टे के सफर के बाद अगले स्टेशन पर वे सब उतर चुके थे। शर्मा ने इत्मीनान की गहरी साँस ली और बाहर झाँककर उस युवक को देखा,

उस युवक की मूछें पुनः ऊपर को उठ कर तन गई थी।